Une fille sans histoire

Constance Rivière

Une fille sans histoire

Stock

Illustration de couverture : Capucine Rivière Milner
Couverture : Coco Bel œil

ISBN : 978-2-234-08822-1

À mon père

« Grâces au ciel, mes mains ne sont point criminelles
Plût aux dieux que mon cœur fût innocent comme elles »

Racine, *Phèdre*

Elle voudrait lever la tête mais elle n'y arrive pas. Sa tête toujours trop lourde quand il s'agit de regarder au-dehors et non en dedans. Elle entend derrière elle des bruissements de voix qu'elle distingue à peine, elle reconnaît quelques intonations, des tremblements qu'elle réussissait à apaiser il y a peu de temps et si longtemps déjà, des pas qu'elle devine, des regards qui lui font mal au dos, au cou, lourds de reproches, elle tente de se concentrer mais la voix forte et distincte du juge la dérange, il lui pose des questions qui contiennent les réponses, il emploie des mots qu'elle ne comprend pas, cupidité, perversité, duplicité, *tétété*, comme une machine à écrire mécanique, déréglée. Et au fond de son ventre il y a ce mot que tous attendent et qu'elle ne parvient pas à faire remonter, il est coincé entre l'estomac et le plexus, elle essaie d'inspirer profondément pour créer un courant vers le haut, la cage thoracique, la gorge, qu'il parvienne jusqu'à sa bouche, qu'il sorte enfin. On vient de lui poser une nouvelle question, la dernière. C'est le silence soudain, temps suspendu, tous les regards sont tournés vers elle, ils n'attendront pas longtemps, alors elle se concentre, elle s'y est préparée à ce moment mais elle ne savait pas que ce serait si difficile, elle fait un ultime effort et elle finit par le cracher ce mot, nécessaire mais qui la dégoûte, ce mot qui ne dit rien de ce qu'elle a vécu ces derniers mois, elle finit par le dire, dans un souffle qui lui semble un cri, « pardon », elle le répète plusieurs fois, pardon, pardon, pardon, maintenant qu'il est sorti il l'envahit tout entière, il ne cesse de se déverser, de plus en plus fort, les larmes viennent avec, elle pleure pour la première fois, elle pleure comme elle ne pensait jamais pleurer, son visage inondé, son corps qui se relâche, qui s'abandonne. Derrière elle, les respirations reprennent. La sentence peut tomber. Douze mois, dont six avec sursis.

I

Il ne faisait pas particulièrement froid pour une nuit de presque hiver, mais ça ne changeait pas grand-chose pour elle, qu'il pleuve ou qu'il vente, chaque soir, Adèle ouvrait grand sa fenêtre. Elle avait peur de l'air vicié qui s'installe si vite dans les petits espaces, de la poussière, des microbes, ennemis invisibles mais puissants, qui contaminent et détruisent l'organisme insidieusement. Enfant déjà, son père lui avait appris à laisser les fenêtres de sa chambre ouvertes toute la journée et, dès qu'il faisait un peu chaud et humide, à mettre ses peluches au frigo pour tuer les acariens. Elle s'était parfois dit que ça aurait pu lui faire des amis, ces animaux minuscules, mais elle obéissait toujours à son père. Puis c'était devenu une habitude.

Alors, en cet automne qui ne voulait pas finir, comme elle avait cessé de sortir de chez elle, recluse volontaire, dormant le jour, veillant la nuit. Adèle attendait avec une obsession maniaque l'heure où les automobilistes commencent à allumer les premiers phares pour faire rentrer dans son salon l'air frais et pur. Elle s'installait sur le rebord de sa fenêtre ouverte, toutes lumières éteintes pour mieux deviner la vie derrière les fenêtres fermées qui peu à peu s'allumaient de l'autre côté de la cour. Assez loin pour qu'elle ne se sente pas trop intrusive. Assez près pour qu'elle puisse deviner, juste deviner. Les formes qui passent et repassent. Ou qui restent plus longtemps, affairées. Qui à préparer un dîner tardif. Qui à se maquiller pour sortir dans ce quartier qu'elle avait aimé parce qu'il était si vivant. Qui, dodelinant de la tête avec une régularité de métronome, à lire une histoire à un enfant.

Elle n'aimait rien tant que sentir cette banalité de la vie quotidienne, faite de rites et de rythmes, une normalité dont elle avait tant rêvé et dont la possibilité même semblait lui avoir échappé depuis qu'elle avait perdu son dernier travail. Elle n'avait osé le dire à personne. Elle ne fréquentait pas grand monde de toute façon, elle était si seule, depuis si longtemps. Donc, à l'heure où, avant, elle embauchait, à 18 heures tous les jours sauf le dimanche et le lundi, elle restait chez elle à regarder des fenêtres fermées, s'allumant les unes après les autres, la sienne seule ouverte et sombre.

Ce soir-là, cela faisait au moins trois heures qu'Adèle était assise à sa fenêtre. Elle s'était presque assoupie, la tête heurtant régulièrement l'ouvrant, la réveillant aussitôt que les rêveries prenaient le pas sur ce qu'elle voyait de la vie des autres. C'est dans cet état de semi-conscience, son esprit perdu quelque part entre les songes qui l'habitaient et la réalité qui la nourrissait, que lui parvinrent les premiers bruits, des hurlements de sirènes qui portaient en elles l'urgence, le drame et l'effroi.

Adèle ne pouvait rien voir que les toits et les fenêtres de l'autre côté de sa cour, mais ces bruits avaient envahi son salon, ça lui faisait mal, elle sentait que quelque chose était en train de basculer, elle ne savait pas quoi, mais le basculement était bien là, de plus en plus fort, dissociant son corps et sa tête, affreuse douleur qui pulsait sous ses tempes, sensation de vertige qui l'attirait vers le vide, dehors, là où les cris l'appelaient. Il lui fallut un effort énorme pour repousser son corps à l'intérieur, poids lourd, passif, pas à sa place, écrasé maintenant sur le sol du salon, alors qu'elle se sentait ailleurs.

Cette lutte l'avait épuisée. Les sirènes redoublaient. Ça cognait dans sa tête et ça rebondissait sur ses murs. Trop de bruit pour un drame du quotidien. Elle l'avait senti tout de suite, elle n'était pas folle, quelque chose de terrible était arrivé, et ce n'était pas seulement en elle. Adèle finit par allumer la télévision. Ne plus deviner mais voir, ne plus inventer mais comprendre, tous ces bruits dehors, c'était trop violent, ça avait fait sauter les plombs de son imagination, trop lourd pour sa bande passante.

À l'écran, on mentionnait un attentat à Saint-Denis, à côté du Stade de France. Le président de la République y était, en partait, son ministre de l'Intérieur l'avait rejoint, mais ils étaient déjà en train de rentrer à Paris, repasser le périphérique, s'éloigner des premières explosions qui avaient à peine perturbé le match, tout juste un regard d'interrogation et le doigt levé vers le ciel d'un joueur au milieu du terrain, bruits de pétards lointains au milieu des cris et des sifflets, ces explosions dont il ne fallait surtout pas qu'elles perturbent le match, tout devait continuer comme avant, tout plutôt qu'un mouvement de panique, même pour ceux qui savaient, ne pas bouger, rester face caméra, concentrés sur le jeu, à la fin on dirait au public ce qui se passait, les pelouses pourraient être envahies de visages hébétés, on pourrait dire parce qu'on saurait qu'il n'y a plus de risques, les gens descendraient calmement, mais s'ils cherchaient à descendre tout de suite ce serait la crise, les bousculades, la menace de corps écrasés par la peur des autres, les stades ne sont pas faits pour les mouvements de foule, donc les autorités étaient parties discrètement, le moins nombreuses possible, pour rentrer dans le centre de Paris où d'autres coups de feu, d'autres cris, ailleurs mais pas sans lien, les journalistes parlaient d'un bar puis d'un autre, sans rien savoir vraiment, sauf que ça bougeait, ça se démultipliait, monstre à douze bras, et autant d'armes, qui tiraient sur la vie, pour l'anéantir où qu'elle rie, où qu'elle boive, où qu'elle chante. Ça bougeait, ça tuait, mais pas si près de chez elle. Elle ne discernait toujours pas pourquoi elle avait pu percevoir quelque chose, ni si ce qu'elle entendait par sa fenêtre avait un lien avec ce qu'elle voyait dans l'écran. À la télévision, on montrait surtout des voitures fonçant dans la nuit vers les ministères, l'Élysée, pour mettre en place des procédures, réunir des gens, et prendre des décisions sur des événements que personne ne comprenait.

De là où elle était, Adèle sentait que les rues soudain se vidaient, que l'air de dehors n'était plus pur mais chargé de peur, une peur qui la saisissait elle aussi, pourtant toujours assise sur le sol de son salon, enveloppée dans une couverture comme on n'en fait plus, en laine grise, rêche mais chaude, un œil sur les fenêtres en face qui restaient fermées, éteintes, sourdes à la rumeur de la ville, un œil sur l'écran de télévision qui amplifiait cette rumeur de terreur. La peur qui revenait, la peur qu'elle avait connue il n'y avait pas si longtemps, autres bruits de sirènes dans la nuit emportant son père inanimé, la peur qu'elle pensait avoir oubliée, la peur qui reprenait possession de tout son corps, mélangeant le passé et le présent, l'intérieur et l'extérieur, la veille et le sommeil.

Vers 22 heures, apparut un bandeau mentionnant une attaque terroriste en cours dans la salle du Bataclan, si près de chez elle, où elle disait tout le temps qu'elle irait bientôt, c'était son Godot à elle, le Bataclan, sauf qu'elle ne l'attendait pas, c'était la salle qui l'attendait, elle en était certaine, elle y pensait presque chaque jour. Ce soir-là, elle avait vraiment failli y aller. Elle recommençait tout juste à avoir envie de sortir, c'était à côté, certes il y aurait du monde mais dans la pénombre d'une salle de concert, c'était moins inquiétant. Deux jours plus tôt elle avait regardé le programme. Le groupe ne lui disait rien. Elle préférait des choses plus classiques. C'est ce qui l'ennuyait avec cette salle si jolie, avec ses lettres de toutes les tailles et sa devanture de toutes les couleurs, joyeuse comme un cirque presque – comme les cirques de son enfance, parenthèses heureuses, c'est pour cela qu'elle avait choisi de s'installer là, dans ce quartier, mais jamais elle ne connaissait les groupes qui s'y produisaient. Malgré tout, ce soir-là, elle avait eu envie d'y aller, cette pensée lui donnait le vertige, elle aurait pu y être, elle aurait dû y être, avec tous ces otages dans cette salle, elle y était presque, puisque si proche, dans l'espace comme dans le possible.

Adèle fit alors la seule chose qui lui semblait raisonnable, elle ferma la fenêtre, elle s'isola dans le noir, bien protégée face à cette télévision où se racontait, minute par minute, ce que les journalistes ne savaient pas, ce qu'ils ne voyaient pas, qu'ils tentaient de comprendre ou de deviner, comme elle, chaque soir, devant ses fenêtres fermées. Elle était captivée par ce qu'elle voyait à l'écran, incapable de s'en détacher, fascination mortifère pour l'horreur, l'horreur réelle, celle des combats de gladiateurs, sans distance ni représentation, on n'allait plus au théâtre pour voir des tragédies, on allumait la télévision, et on regardait ces chaînes d'information en continu qui lui semblaient le plus souvent des chaînes de répétition en continu.

Elle aurait pu faire un pas de plus, elle y avait bien pensé, sortir enfin de chez elle, descendre les escaliers, traverser la cour, et à peine la porte cochère franchie, elle aurait été avec les journalistes, derrière les barrières mais dans le drame, ou si proche, avec toutes ces caméras qui essayaient de capter quelque chose, un peu à l'écart pour ne pas gêner les forces de l'ordre, pour ne pas dévoiler des éléments qui pourraient être utiles aux terroristes dont on se disait qu'ils avaient peut-être une main sur une arme et l'autre sur leur téléphone avec la 4G, branchés sur le monde et les dernières technologies qui leur avaient permis de monter une opération pareille. Après les attentats de *Charlie Hebdo*, à Dammartin-en-Goële comme lors de l'attaque de l'Hyper Cacher, la volonté d'être les premiers à montrer au monde ce qui se passait avait failli mettre en danger la vie d'otages. À cet instant, les journalistes devaient faire attention, forcément, mais ils devaient aussi jouer leur rôle, informer, mettre en garde, dire aux gens de rester chez eux, de rentrer n'importe où, de se cacher sous des tables dans des restaurants grille fermée, de se réfugier sous les porches, dans des halls d'hôtel, d'attendre qu'on vienne les chercher, de ne surtout pas se déplacer. Et ils devaient suivre les opérations.

Adèle regarda sans bouger jusqu'à la fin de l'assaut, puis l'arrivée des autorités, vers 1 heure du matin, marquées par une douleur si humaine, impudique sur ces visages qui s'étaient transformés avec les années en masques de pouvoir, marionnettes sur lesquelles on ne s'attendait plus à trouver que des émotions feintes, pas cette humanité qui éclatait soudain, laissant voir les failles, les fragilités, mais aussi la possibilité d'une normalité qui permettrait de se retrouver en eux, surtout en lui, ce Président, qui marchait devant, plus seul que jamais en ce moment, et auquel il faudrait bien faire confiance. Il n'aurait pas dû venir, ça pouvait être un piège, un terroriste caché, l'attendant là où il ne pouvait pas ne pas être, là où son pays était attaqué, blessé, des gens le lui avaient dit sans doute, mais bon il était venu, il avait marché jusqu'au Bataclan, il avait parlé avec les policiers, les secours, les pompiers, et rien d'autre ne s'était passé.

Le reste de la nuit, les événements s'étaient déroulés dans des sous-sols, au ministère de l'Intérieur, devant les cartes et les écrans qui avaient permis de prendre les premières décisions, d'évaluer les risques et les chances avant de donner l'assaut, inévitable mais si difficile quand on en prend la responsabilité, avec toujours la possibilité de nouveaux morts. Cellule souterraine où se succéderaient jour et nuit des dizaines de personnes, unies par une même volonté et une même inquiétude, corps mouvant de l'État, dévouement invisible de ceux qui ne comptent ni leurs heures ni leurs cernes, se passant le relais comme dans une course de fond dont la ligne d'arrivée disparaît dès qu'on pense la deviner, reculant sans cesse, terrible mirage, fonctionnaires Sisyphe qui ne connaîtraient qu'une éphémère reconnaissance. À l'Élysée, un conseil des ministres s'était réuni à minuit. Dans les rue de

Paris, sur une moto isolée, un conseiller casqué faisait circuler des textes sur l'état d'urgence de ministère en ministère pour qu'ils soient promulgués dès le lendemain matin. Un fonctionnaire rappelé d'urgence au bureau avait pensé à arrêter à minuit l'impression du *Journal officiel* pour que ces textes soient bien publiés à l'aube, dès qu'ils seraient signés. À la télévision, ils expliquaient tout cela, ou au moins ce qu'ils en savaient, quand elle s'est endormie.

II

Au petit matin, Adèle se réveilla les yeux gonflés, le ventre noué, l'esprit confus, la télévision toujours allumée, essayant de se souvenir de ce qui venait de se passer. Elle revoyait les cris dans la nuit, les femmes et les hommes sortant sanglants, brisés, du Bataclan, l'assaut, les terroristes tués, les blessés, les ambulances, les barrières.

Déjà, dans l'écran, les premiers visages apparaissaient pour témoigner de ce qu'ils avaient vécu, les proches appelant à l'aide, cherchant leurs amis, enfants, parents, amours, perdus dans cette nuit du 13 novembre qui n'en finissait pas, d'autant que le téléphone dont le numéro s'affichait clairement à l'écran ne décrochait pas, les victimes étaient réparties dans tous les hôpitaux, dans plusieurs morgues, et on ignorait certains noms, car on n'est pas encore obligé d'avoir une pièce d'identité pour aller à un concert, et puis il y avait eu des sacs perdus, des couples séparés. Les gens erraient, composaient en vain mais sans relâche le même numéro, encore et encore, plus de mille appels perdus dans la nuit, certains essayaient les hôpitaux, décrivaient en détail la personne qu'ils cherchaient, avec un tatouage sur le bras gauche, des cheveux châtains très longs, vraiment très longs, une dent ébréchée, une tache de naissance en bas du dos. Ou appelaient des amis. Pour savoir s'ils avaient des nouvelles.

Vers midi, un message s'était affiché en bas de l'écran, les familles et proches des victimes pouvaient se rendre à l'École militaire où elles seraient accueillies et auraient des nouvelles dès que possible.

Alors qu'elle s'apprêtait à aller dans la cuisine pour se faire un café et manger quelque chose, Adèle vit apparaître un visage, une photo tenue par des mains qui tremblaient, une mère qui demandait des nouvelles de son fils, ce visage elle le connaissait, pas si bien mais quand même, elle avait aimé le regarder de loin dans le petit bar où il venait presque tous les soirs, où elle avait travaillé l'été dernier, avant qu'elle ne soit renvoyée, un peu à cause de lui. Elle se souvenait juste qu'il s'appelait Matteo, un prénom qui était, avec son accent italien, guttural, rauque, une promesse d'ailleurs. C'est pour ça qu'elle cherchait toujours son regard quand elle lui apportait sa bière. Il lui souriait, enfin il souriait, mais elle devait bien reconnaître qu'elle ne savait pas s'il lui souriait à elle, ou si sourire était juste l'élégance d'une forme aboutie de politesse. Sur la photo aussi il souriait, visage plein, bronzé, cheveux désordonnés, elle aurait voulu mettre sur pause, le regarder encore, comprendre ce qui lui était arrivé, si son corps était là, abîmé, blessé, ou sans vie, juste en dessous de chez elle, si dans les cris qu'elle avait perçus de loin, quand sa fenêtre était encore ouverte, avait retenti le son de sa voix, mais on ne pouvait pas arrêter le flux des images, déjà on était ailleurs, parqués sur la petite place en arc de cercle devant le ministère de l'Intérieur, forêt de micros et de caméras qui se regardaient et se racontaient attendre, devant des grilles fermées, à peine une voiture vitres opaques qui rentrait ou sortait de temps en temps, puis devant des terrasses où étaient recueillis les premiers témoignages, courage ou folie de qui ose parler tout de suite, courage ou folie de ceux qui osent demander une parole tout de suite.

Adèle n'écoutait plus vraiment, elle était obsédée par cette série d'événements qui ne pouvaient pas être juste des coïncidences, son appartement presque au-dessus du Bataclan, ce concert où elle avait failli aller, les cris et les sirènes qui avaient envahi son salon à tel point qu'elle avait eu besoin de fermer la fenêtre pour se protéger, cette peur qui ne la quittait pas, et ce visage de Matteo dans l'écran, vision aussi fugace qu'indélébile. Trop de signes, il faut faire attention aux signes, ne pas les ignorer, sinon ils vous hantent, ils reviennent la nuit et prennent des formes terrifiantes.

Sans bien y réfléchir, elle s'était dit qu'il fallait qu'elle aille là-bas, à l'École militaire, où seraient accueillis les proches des victimes, qu'elle comprenne pourquoi elle était si bouleversée, bien au chaud pourtant, fenêtres fermées, les sirènes ne venaient plus du dehors, elle les avait cantonnées dans son petit écran de télévision, qu'elle comprenne pourquoi elle avait en elle cette angoisse bien réelle, qui cognait dans sa poitrine, qui bloquait sa respiration.

Une fois sa décision prise, tout est allé très vite. Adèle s'est habillée avec ce qu'elle a trouvé par terre, finalement ni café ni douche, et elle est sortie. La ligne 8 était juste à côté, qui conduit à l'École militaire. À mesure que les stations de métro défilaient, sa confusion sur ce qu'elle était en train de faire augmentait autant que son désir de retrouver Matteo, désir qui se faisait plus précis, plus vif, qui lui donnait une contenance, elle pressentait confusément, sans le savoir vraiment, sans l'avoir voulu consciemment, qu'il serait sa porte d'entrée dans le drame, et sa porte de sortie pour la suite.

III

Arrivée à l'École militaire, Adèle dut expliquer sa présence. Ça la déstabilisa. Elle avait pensé qu'elle pourrait rentrer discrètement, elle était habituée à passer inaperçue, et les « proches des victimes », cela ne voulait pas dire grand-chose, ça pouvait être tout le monde, à dire vrai elle s'était imaginé qu'on ne lui demanderait rien, qu'elle pourrait rentrer, s'asseoir dans un coin et regarder, juste regarder. Par ses fenêtres elle ne voyait rien et, dans la télé, ils ne montraient pas ce qui l'intéressait, donc elle avait voulu être là pour voir mieux, trouver des liens entre ces choses qui s'emmêlaient dans son esprit et lui faisaient mal, mais on lui a posé plein de questions qu'on n'aurait pas dû lui poser, qui elle cherchait, si elle était de la famille, son lien avec la personne disparue, et où celle-ci avait disparu, « pour l'orienter au mieux », lui expliquait-on en guise d'excuse piteuse à ces demandes inconvenantes.

Elle a bien été obligée de répondre, elle n'avait pas le choix, dire au moins quelques mots, n'importe quoi, et la première chose qui lui est venue à l'esprit c'est la dernière chose qu'elle avait eue dans l'œil. Une photo. Cette simple photo, qui avait appelé des souvenirs, pas des souvenirs réels, mais des souvenirs de désirs, ce qui était déjà quelque chose. Assez pour se lancer en tout cas, ne pas renoncer là juste devant les grilles, parler pour entrer, elle avait fait un tel effort pour sortir de chez elle, se remettre au milieu des gens, traîner son corps qui avait perdu toute agilité après des semaines d'immobilisme, maintenant qu'elle l'avait habillé et trimballé dans le métro, elle voulait être accueillie. Elle a commencé à raconter une histoire, qui deviendrait rapidement son histoire, comblant les trous, ajoutant des liens pour que ça semble cohérent, sinon personne ne comprendrait. Elle a dit qu'elle était venue pour avoir des nouvelles de Matteo, elle aurait dû être avec lui au Bataclan, finalement elle n'y était pas allée car il était avec ses copains, et c'était le début de leur histoire, protégé par le secret des premiers instants, le temps que l'amour grandisse assez pour supporter la lumière, les questions, les regards interrogatifs des proches, les jalousies de celles qui pensaient que peut-être, tout ce que le monde extérieur peut apporter de perturbations. Et depuis hier soir il ne répondait plus à rien, il était au concert, il devait la rejoindre après, dans son petit appartement juste à côté de la salle, « regardez là où j'habite, c'est écrit sur ma pièce d'identité », presque au-dessus du Bataclan, elle avait tout entendu, les cris et les sirènes, et maintenant elle a peur qu'il ne lui soit arrivé quelque chose, le téléphone de la préfecture ne répond pas, elle a besoin de savoir, elle s'est mise à trembler, ils l'ont laissée passer. Qu'auraient-ils pu faire d'autre ? On ne pouvait pas dire à la télévision que les proches seraient accueillis à l'École militaire, puis leur demander des preuves de proximité avec des victimes qu'on n'avait toujours pas identifiées. Alors bien sûr, Matteo, mon amour qui ne répond plus au téléphone, cela suffisait comme sésame pour entrer.

C'est ainsi qu'Adèle fut l'une des premières à pénétrer dans l'enceinte de l'École militaire. Ce qui la frappa immédiatement, ce fut le sentiment d'improvisation, des gens qui couraient pour trouver des chaises, du café, des madeleines, pour installer les personnes qui arrivaient et qui n'avaient pas faim, mais besoin d'avoir des réponses, et comme justement des réponses il n'y en avait pas, on les asseyait, on leur donnait du café et à manger, et on essayait d'en savoir plus, pour les aider au mieux. Elle était un peu perdue, elle se demandait si elle n'aurait pas dû essayer, elle aussi, d'apporter du réconfort aux visages défaits qu'elle voyait entrer dans cette grande salle triste et commune. Mais elle n'était pas là pour ça, elle cherchait Matteo.

Comme elle aurait été bien ennuyée qu'on lui pose trop de questions, elle s'est recroquevillée sur une chaise, dans un petit coin bien à l'écart, une tasse de café brûlant puis froid serrée entre les mains. Toutes les vingt minutes, on venait la voir pour lui demander si elle voulait parler à quelqu'un, boire autre chose, et lui dire qu'on lui donnerait des nouvelles dès qu'on en aurait, qu'il fallait qu'elle tienne bon parce que beaucoup de blessés avaient été amenés dans des hôpitaux et qu'on n'avait pas encore de liste avec tous les noms. Elle secouait la tête, elle disait qu'elle n'avait besoin de rien, qu'elle attendrait aussi longtemps que nécessaire. Elle craignait qu'on ne lui demande des détails ou le nom de famille de Matteo. Ils ne l'avaient pas dit à la télévision, ou elle ne s'en souvenait pas et, dans le bar, tout le monde l'appelait juste par son prénom, évidemment.

Adèle est restée longtemps sur sa chaise, immobile, à regarder les autres, sans fenêtre ni distance, pour deviner leur drame autant que pour imiter leurs gestes et répéter leurs mots, ceux de la douleur, qu'on ne peut pas inventer quand on ne la vit pas. Elle enregistrait tout, elle inventoriait, elle ordonnait, elle classait, collection d'histoires qui grossirait jour après jour, concentrée pour se souvenir de chaque détail, mémorisant pour mieux tout écrire ensuite, à peine dérangée par ce jeune homme de la Croix-Rouge qui venait la voir souvent, corps solide, rassurant, même si un peu trop grand pour lui, comme un adolescent qui aurait soudain poussé très vite après s'être habitué à avoir été, enfant, plus petit que les autres. Cela lui donnait une démarche un peu gauche, touchante, on avait envie de lui parler, ce qui est assez rare avec les grands, il faut lever la tête, cou tordu, ou accepter qu'ils se penchent, vue de haut, pas idéal pour nouer un dialogue, les yeux dans les yeux, équilibre des corps pour que le non-verbal puisse aussi s'exprimer. Mais ce garçon trop vite grandi, qui devait avoir son âge, à peine plus, regard anxieux et profond, elle avait bien voulu lui parler, ou l'écouter plutôt. C'était déjà ça. Il l'avait avec douceur réintégrée dans le monde des hommes, elle saurait s'en souvenir.

Au bout de quelques heures, il vint la voir accompagné d'un monsieur et d'une dame, dans la cinquantaine, lui le regard perdu, elle essayant de comprendre où elle était et ce qui se passait. Il lui a juste dit : ce sont les parents de Matteo, ils viennent d'arriver à Paris, j'ai pensé que vous aimeriez attendre tous les trois ensemble.

Saïd

« Je vais essayer d'être précis mais il est possible que certains détails m'aient échappé ou qu'avec le temps des choses qui ne m'avaient alors pas paru importantes aient pris un intérêt particulier. Ce qui est certain, c'est que j'ai remarqué Adèle tout de suite, dès que je suis arrivé à l'École militaire, vers 14 heures, avec les premières équipes d'urgence médico-psychologiques. La veille encore, j'étais en vacances dans le Sud pour quelques jours mais, quand j'ai vu les nouvelles de la nuit à Paris, j'ai pris un train, j'ai appelé mon chef et je suis rentré. Je savais que les volontaires de la Croix-Rouge seraient mobilisés, qu'il y avait besoin de tout le monde, que de nombreuses équipes avaient passé la nuit dans les bars, à la sortie du Bataclan, partout où il y avait de la douleur qui appelait une prise en charge immédiate, et qu'il y aurait encore des milliers de personnes à écouter et accompagner.

Les premières heures sont décisives et les conséquences si lourdes. Après un tel traumatisme, beaucoup de gens auraient du mal à retourner travailler, à sortir à nouveau de chez eux. Il fallait que personne ne soit abandonné avec son drame, on ne peut pas faire de miracle, mais déjà être là tout de suite et dans les jours qui suivent, c'est ce qu'on peut faire, donc on le fait, mais pas n'importe comment. Or des psychologues formés aux catastrophes, il n'y en a pas tant que ça, ou si peu formés, forcés d'inventer dans l'urgence des gestes et des mots mal maîtrisés qui peuvent créer des dégâts insupportables. J'avais vu cela de près, impuissant, lorsque j'étais parti comme volontaire international, juste après le bac et une année ratée de médecine, découragé par l'aridité de matières scientifiques d'où les corps et les esprits avaient disparu. C'est dans le drame qu'est née ma vocation, l'envie de faire des études de psychologie pour me spécialiser en traumatologie. C'était à Haïti, j'avais à peine 20 ans, nous venions d'y fêter le nouvel an quelques jours plus tôt, et rien n'a plus jamais été pareil. En plein après-midi, après un bruit énorme, comme une explosion, l'île a tremblé de toute part, une minute qui semblait une heure, la terre soudain fragile comme une feuille d'arbre prise au milieu d'une tempête, puis le silence, partout, avant de nouveaux tremblements. Plus de 200 000 morts et 300 000 blessés. Tout était dévasté, la détresse était partout. J'ai voulu rester pour aider. Dans l'improvisation, on m'a demandé de préparer le départ des enfants haïtiens en cours d'adoption vers la France. J'avais à peine 20 ans et je me retrouvais face à des enfants tout petits, si fragiles, traumatisés, qui venaient d'échapper à la mort pour être envoyés précipitamment loin de tout ce qu'ils connaissaient, aucun psychiatre au début, juste nous, quelques volontaires et fonctionnaires, juste nous, incapables de gérer autre chose que le matériel, mille fois maladroits, je n'ai jamais su ce qu'étaient devenus ces enfants, j'aurais tellement aimé leur demander pardon de ne pas avoir été à la hauteur de leur drame, je me suis alors promis que j'apprendrais à soigner les âmes meurtries à défaut d'avoir eu le courage d'apprendre à sauver des corps.

Pardon, je m'égare, tout cela nous éloigne d'Adèle, et de cette journée où je l'ai rencontrée, mais ça remue beaucoup de choses cette histoire, vous comprendrez qu'après cela je pensais avoir été confronté au pire, que rien ne pourrait plus jamais m'ébranler vraiment, mithridatisé comme on dit, insensibilisé par la dose de poison que j'avais ingérée et qui ne m'avait pas tué, juste transformé pour toujours. Ensuite, j'ai suivi une formation, pour maîtriser les gestes et les mots, savoir ne pas contraindre la parole mais lui faire une place, s'ajuster, être attentif sans être touché. Mais en fait on n'apprend jamais vraiment à ne pas être touché, en tous cas moi, ce matin de novembre, et les jours qui ont suivi, je n'ai pas réussi, peut-être qu'ils me ressemblaient trop, tous ces jeunes emportés d'avoir aimé la vie.

Quand je suis arrivé à Paris, le 14 novembre en fin de matinée, on nous a informés que les autorités avaient décidé d'organiser un accueil des familles des victimes à l'École militaire. C'est là qu'on m'a demandé d'aller. On était peu nombreux au début. Et on ne savait pas qui devait faire quoi. C'était nouveau. Pour tout le monde. Les représentants ministériels tentaient tant bien que mal d'organiser les choses, de faire venir des équipes supplémentaires, de trouver des salles pour l'attente et des salles pour les annonces, de dire à chacun ce qu'on attendait de lui. On sentait bien qu'ils improvisaient, ils faisaient de leur mieux, mais c'était la confusion, heureusement que les professionnels de l'urgence, qui peu à peu arrivaient, trouvaient immédiatement leur place, rassurant le plus souvent ceux dont ils auraient dû attendre des directives mais qui avaient au moins la modestie de leur faire confiance.

À dire vrai, c'était nouveau pour nous aussi. En général, on est présents sur le lieu d'une catastrophe, près des victimes survivantes.

Pendant que les équipes du Samu se battent pour sauver des vies, soigner des blessures, on essaie d'identifier ce qu'on appelle dans notre jargon les "urgences médico-psychologiques" ou les blessés psychiques, ces personnes qui ne sont pas blessées dans leur corps mais dans leur tête, avec des séquelles qui peuvent être graves, longues, qui doivent être soignées. On leur parle, beaucoup, on leur pose des questions, les plus simples possibles, pour leur permettre de trouver facilement le chemin de leurs mots, on les écoute quand elles y arrivent, on repère, on évalue, surtout on ne s'attache pas, on les oriente, puis on les perd de vue, souvent on ne sait même pas ce qu'elles deviennent, et ça hante nos nuits longtemps après, de ne pas savoir.

À l'École militaire, c'était très différent de tout ce que j'avais connu, on n'était pas sur le lieu du drame, ni sang ni cri, mais de l'angoisse pure, en bloc, qui se durcissait à chaque nouvelle arrivée. On ne pouvait rien dire parce qu'on ne savait rien. Et de toute façon, notre rôle n'était pas de donner des nouvelles. C'était, avant la nouvelle, d'accompagner l'attente, et après, de récupérer la douleur. Au début, et pendant assez longtemps en fait, ce fut très calme. Les gens entraient, donnaient le nom de la personne qu'ils cherchaient, des détails, les vêtements s'ils les connaissaient ou s'en souvenaient, des signes morphologiques distinctifs, tout ce qui pouvait être utile à l'identification, puis ils allaient s'asseoir, chacun dans leur coin, rarement seuls, ils se parlaient, se tenaient les mains, tentaient de se rassurer, ils étaient encore dans ce moment où l'espoir tient tout, où on n'ose pas crier sa peur pour ne pas lui donner corps. Ils voulaient savoir mais en même temps, alors que tout était très lent, qu'on avait des listes très incomplètes, qu'on attendait chaque fois que le procureur soit formel, qu'on attendait aussi des équipes pour accueillir les familles, avec des magistrats pour annoncer les décès quand ils étaient confirmés, personne ne se révoltait, personne ne disait que c'était trop long, que maintenant ils voulaient savoir, que c'était incroyable, plus de douze heures après les attentats qu'on ait si peu de nouvelles. Chacun savait que sortir de l'incertitude, cela pouvait aussi signifier entrer dans l'indicible douleur du deuil.

Tout le monde était figé dans ce silence terrifiant, entrecoupé de murmures et des allers et retours des quelques responsables présents – juges, fonctionnaires, médecins, conseillers ministériels, au moment où je l'ai vue, recroquevillée sur une chaise, dans le coin le plus sombre de la salle, seule, tenant dans ses mains une tasse de café, s'y accrochant comme si cette tasse était une sorte de bouée ou d'amulette sacrée, on ne savait pas bien. Il me semblait que personne n'était allé la voir depuis son arrivée, avant la mienne, avant même les équipes d'urgence, elle avait dû venir dès la première annonce.

Je me suis approchée d'elle, je me suis présenté : "Bonjour, je m'appelle Saïd, je suis psychologue volontaire à la Croix-Rouge", je lui ai demandé son prénom, et qui elle cherchait. Elle m'a juste répondu : "Je m'appelle Adèle, et je cherche Matteo."

Ce qui m'a tout de suite frappé, c'est la tristesse figée de son visage, et la raideur de sa posture, comme si ni l'absence de sourire, ni le corps replié n'était nouveaux, comme si tout cela était installé en elle depuis longtemps. Chez les autres, autour, il y avait de l'angoisse, des cernes, mais dans des corps et des visages vivants. Elle, elle était presque éteinte. Elle n'était pas vraiment là, étrange passerelle entre le monde des encore vivants et celui des déjà morts. Elle regardait tout autour d'elle, par en dessous, tête baissée, comme par effraction. Ce qu'elle voyait semblait entrer dans l'ombre de ses yeux qui, loin de projeter la lumière, aspiraient le monde extérieur vers des ténèbres intérieures, étonnantes sur ce grand visage qui portait les traces d'une beauté soigneusement effacée. Elle aurait dû être jolie, mais elle cherchait à se rendre invisible, sauf que moi je ne voyais plus qu'elle, j'avais envie de la protéger, de la sortir de ce monde où elle paraissait s'être réfugiée, je ne saurais pas bien dire pourquoi mais j'avais beau courir de l'un à l'autre, je revenais toujours vers elle, aimanté.

Je suis allé la voir plusieurs fois, pour lui proposer du café chaud, lui dire qu'on lui donnerait des nouvelles dès qu'on en aurait, savoir si elle pouvait nous livrer des détails sur Matteo, ou si elle voulait appeler d'autres proches pour ne pas rester seule à l'attendre. Longtemps, elle ne m'a pas répondu, aspirant mes questions dans son beau regard noir, comme tout le reste autour. Puis, quand elle s'est mise à me parler, ce fut surtout pour me poser à son tour des questions, plein de questions, très vite, sans ordre logique, avec un débit saccadé : qui était là ? comment des nouvelles nous parviendraient-elles ? ce que c'était exactement mon métier ? que demandaient les autres personnes ? pourquoi j'avais choisi de faire ça, psychologue spécialisé dans les crises ? comment je repérais les traumatismes lourds, à quels signes ? qu'est-ce que je disais aux gens pour les aider ?... Elle a continué longtemps. Je ne comprenais pas vraiment, on s'éloignait de Matteo, et je ne voyais pas ce qui pouvait l'intéresser chez les autres autour, dont la douleur ne la concernait pas. Mais je savais qu'un des signes du traumatisme, c'est de se raccrocher à ce qui peut, de l'extérieur, apparaître comme un détail mais qui crée pour la victime une focale ou un point d'appui pour éviter l'effondrement intérieur. Parler d'autre chose pour ne pas penser à soi. C'est comme ça que j'ai interprété sa curiosité sur le moment. Je suis resté près de vingt minutes à ses côtés, à lui répondre, et la seule chose que j'ai apprise, c'est qu'elle aurait dû y être à ce concert, qu'elle habitait juste à côté de la salle d'ailleurs, mais que finalement, avec Matteo, ils avaient décidé que ce n'était pas un bon endroit, ni un bon moment pour des présentations.

Un peu plus tard, environ cinq ou six heures plus tard dans mon souvenir, il faisait déjà nuit, un de mes collègues est venu me dire que les parents de Matteo étaient arrivés, tout juste débarqués de Rome, demandant des nouvelles de leur fils, essayant de lire les listes, tas de papiers en désordre et raturés, que tenaient fermement des responsables à l'entrée de la salle. Les bouches de ces mêmes responsables leur avaient répété que pour l'instant ils ne savaient rien, que ça ne voulait rien dire parce que beaucoup de blessés avaient été répartis dans les hôpitaux et qu'on ne connaissait pas le nom de tous. Je suis allé les voir et je leur ai présenté Adèle, ils pourraient attendre ensemble, c'était toujours mieux de ne pas être seuls dans un moment pareil. »

IV

Adèle reconnut tout de suite la mère de Matteo, elle l'avait vue à la télévision brandissant la photographie de son fils, c'était un visage qui ne s'oublie pas, généreux, toujours mobile, des yeux sombres et éclatants, un front ample, et de longs cheveux noirs, épais, lourds, presque vivants. Elle avait craint ce moment où il lui faudrait inventer une intimité et la raconter non pas à une personne extérieure, au militaire à l'entrée ou au gentil garçon de la Croix-Rouge, mais à des proches de Matteo, qui l'aimaient et souffraient de la perte possible. Mais elle n'avait plus le choix, c'était inévitable, elle avait eu des heures pour s'y préparer, reconstituer la soirée de la veille, inventer leur rencontre, et la naissance de leur amour, n'importe quoi par lequel ils percevraient en elle quelque chose de Matteo.

Quand les parents se sont approchés, elle s'est levée et elle a fait ce qu'elle avait pensé être le plus naturel – mais qui pour elle n'était pas naturel du tout, premier acte d'une longue comédie, geste pensé avant que d'être senti, elle avait bien réfléchi à ce moment, décisif, tout se jouerait dans ces premières secondes, après ce serait trop tard, aucun mot ne comblerait la distance s'ils ne l'accueillaient pas immédiatement. Elle s'est donc levée, corps déplié plus grand qu'il n'y paraissait, pas du tout petite chose fragile, et elle s'est jetée dans les bras de la mère de Matteo. Leur étreinte a duré près d'une minute – temps étiré à l'infini, une minute qui semblait une heure, elles ne s'étaient rien dit mais ce geste avait, au moins pour un temps, rendu toute parole inutile, elles étaient liées par une commune douleur et, quoi qu'elle dise, ils n'auraient d'autre choix que de la croire.

Adèle ne savait pas si l'attente serait longue encore, mais elle se sentait déjà mieux avec cette dame et son mari, cette dame surtout qui l'avait serrée si fort, et avec tant de douceur en même temps. C'était une découverte pour elle ce bien-être qu'on ressent au contact d'un autre corps, les peaux qui se touchent, les respirations dont le rythme s'épouse. Elle aurait voulu recommencer, se blottir à nouveau dans ces bras mais ce n'était plus possible, ce qui était naturel quelques minutes plus tôt aurait paru décalé, elle sentait cela avec une évidence qui l'étonnait, alors elle leur a proposé de l'eau ou un café, elle s'est levée pour s'éloigner de ce désir qui l'envahissait et l'embarrassait, elle leur a donné tout ce dont ils pourraient avoir besoin, son corps retrouvait une forme d'agilité, elle n'était plus tout à fait cet albatros jeté sur le pont d'un navire par des humains malveillants et moqueurs envers qui ne leur ressemble pas, ses ailes rêveuses trouvaient le chemin de l'envol, de la fuite dans laquelle elle avait appris toute petite à se réfugier, enfant triste qui n'avait jamais trouvé sa place nulle part.

Bientôt, elle n'eut plus rien à faire, le temps s'étirait, aucune nouvelle n'arrivait et le silence entre eux, petit groupe soudé vu de l'extérieur mais plein de frontières invisibles perçu de l'intérieur, devint insoutenable. Adèle se mit à leur parler, avec un débit très rapide et une voix qu'elle n'arrivait pas à poser, qui déraillait sans prévenir, pourtant il fallait qu'elle arrive à la poser au bon endroit, qu'elle leur raconte son Matteo, elle fermait les yeux pour mieux laisser son imagination prendre le contrôle de ses mots, donner à voir une rencontre dans le petit bar où elle travaillait, décrire une nuit où elle l'aurait croisé après la fermeture, détailler une longue marche dans Paris et les premières semaines à se voir en cachette, inventer l'envie qu'elle avait de le retrouver, que très blessé elle saurait s'en occuper, que si ça durait trop longtemps cette attente ici où les gens n'avaient pas l'air de savoir grand-chose, elle partirait faire la tournée des hôpitaux et elle le retrouverait. Pas une seconde elle ne songea qu'il était peut-être vivant et qu'elle ne saurait pas quoi lui dire, pas une seconde elle ne s'imagina devoir retourner dans une chambre d'hôpital, espace clos de tous ses cauchemars, pas une seconde elle ne douta que l'histoire pourrait prendre un autre cours que celui qu'elle avait choisi de lui donner.

Au bout d'un moment, elle sentit que les parents auraient aimé qu'elle se taise un peu, mais elle pensait : « Ils ne savent pas ce qu'ils veulent, le silence, c'est pire pour l'angoisse, sinon tous ces gens ne viendraient pas toujours nous parler » et, dans le vide des mots, le doute pourrait s'insinuer alors que là c'était réel, puisque c'était raconté de manière aussi précise, aussi détaillée, c'était réel.

Le père s'est levé le premier, « pour prendre l'air, a-t-il dit, faire un tour », il étouffait dans cette salle aux couleurs jaune-orange, avec tous ces gens qui respiraient l'angoisse. Adèle ne savait pas où il pourrait aller car ils étaient comme dans un enclos, avec pour tout extérieur une petite cour où se pressaient plein de véhicules de secours, des pompiers, des militaires, des familles qui sortaient pour se rendre dans les salles où on leur donnerait des nouvelles, dans le petit bâtiment immédiatement adjacent, puis les familles qui ressortaient et qui savaient, souvent le pire, et repassaient devant la salle d'attente, rendant visible l'indicible souffrance tant redoutée par ceux qui attendaient encore et à qui on donnait ainsi le spectacle d'eux-mêmes un peu plus tard. Elle se demandait pourquoi ils devaient repasser en arrière, elle pensait que le chemin de la douleur aurait dû être linéaire, à sens unique, on avance et on ne se retourne pas, et surtout on ne recroise pas ceux qui sont encore dans le purgatoire. Mais c'était organisé ainsi, donc le père de Matteo, en guise de prendre l'air, il allait surtout prendre la peur. Enfin, elle n'allait pas lui courir après, lui dire : « Attendez, restez ici, vous serez mieux, je vais m'occuper de vous. »

Puis ils sont venus les chercher, tous les trois ensemble.

Francesca

« Vous ne pouvez pas savoir à quel point cela m'est pénible de me replonger dans les souvenirs de ces derniers mois. Je dois le faire, je vais le faire, mais c'est si dur, je n'ai rien compris à ce qui se passait, ou parfois je comprenais sans comprendre, alors pardonnez-moi si à certains moments je me répète ou si vous avez l'impression qu'à d'autres je me contredis.

Pour repartir du début, de la première rencontre avec Adèle, je dirais que la seule chose qui me reste c'est une impression assez désagréable. On venait d'arriver à Paris – j'étais avec mon mari, on nous a parqués dans ce lieu horrible et on nous a demandé d'attendre avec cette fille qui nous a été présentée comme la petite amie de notre fils. Sa présence même était déplaisante, étrange, tout ce qui aurait pu être avenant avait comme été effacé, un corps lourd, plié de manière désordonnée, un jean et un pull trop grands, informes, des cheveux châtains sales ramenés en paquet, emmêlés par un élastique violet qu'on aurait davantage imaginé sur une petite fille de 10 ans que sur une jeune femme de 25 ans. Dans tout cela, la seule chose un peu marquante, c'était son regard, étonnant pour peu qu'on prenne le temps de s'y attarder, un regard qui vous aspirait, vous envoûtait presque, point d'appui d'une forme particulière de beauté qui n'était alors que soigneusement dissimulée, mais ça je ne l'ai compris que plus tard.

Quand on s'est approchés d'elle, et avant même qu'on ait pu dire quoi que ce soit, elle s'est jetée dans mes bras, elle m'a serrée à m'en étouffer, c'était vraiment désagréable, et elle s'est rassise là, juste à côté, pour attendre avec nous, comme si elle était de la famille. Elle essayait de se rendre utile, elle nous apportait à boire et elle allait régulièrement aux nouvelles. J'ai fini par la laisser faire, j'étais si fatiguée, si perdue. Il faut dire que depuis l'aube, depuis les premières nouvelles et les premières angoisses, c'est moi qui faisais tout, appeler les amis de Matteo qui ne savaient rien sauf que oui il était bien allé à ce concert, contacter les médias pour diffuser des photos, prendre des billets d'avion, conduire jusqu'à l'aéroport de Rome Fiumicino, se renseigner sur où aller une fois à Paris, trouver un taxi, demander de l'aide, dans mon français revenu de si loin dans le passé, que je pensais avoir oublié, que je faisais ressurgir du plus profond de moi parce que je n'avais pas le choix. C'est vraiment étonnant cette puissance de la mémoire et du corps qui n'oublie rien, surtout dans l'urgence, tout revient, la force de grimper au sommet d'un arbre quand un sanglier vous charge et la mémoire d'une langue quand un fils disparaît dans une ville étrangère. Alors cette fille, d'une certaine manière, elle me soulageait. Bien sûr, j'aurais préféré qu'elle se taise, et mon mari ne supportait plus son débit saccadé, son besoin absurde, déplacé, de raconter dans les moindres détails sa relation avec Matteo, alors que nous on voulait juste savoir où il était. Rapidement, je ne l'ai plus écoutée, sa voix s'est mise à me bercer, je me suis presque endormie à l'écouter parler, parler, parler.

C'est à ce moment-là qu'on est revenu nous voir. Un jeune homme, celui qui nous avait accompagnés auprès d'Adèle, nous a parlé d'une voix très douce, terrible attention qui ne peut qu'avoir l'effet inverse de celui recherché, « on m'a dit de venir vous chercher ». Il y a eu une petite hésitation, allait-on vraiment y aller tous les trois ? Quand même on ne la connaissait pas, et il s'agissait de notre fils. Mais la douceur de cette voix m'avait tellement glacée que je ne pouvais plus décider de rien. Très naturellement, Adèle m'a prise par le bras, aidée à me lever, à marcher, je ne me rendais pas compte que mon corps ne me répondait plus. Et nous y sommes allés ensemble.

On a traversé une toute petite cour. J'ai vu une jeune femme enceinte, convulsée au sol, hurlant des cris qui ne sortaient pas, des équipes de secours affairées à l'allonger pour apaiser ses bras et ses jambes qui se tordaient en tous sens. J'ai vu une famille qui ne formait qu'un seul corps tant ils se serraient et se tenaient et s'agrippaient les uns aux autres. J'ai vu des gens habillés en costume, qui avaient l'air extérieurs à cette souffrance et qui en même temps la recevaient en pleine face, comme une décharge que rien ne les avait préparés à encaisser. Et je me demandais dans quel état, nous, on ressortirait dans cette cour, une fois qu'on saurait. On savait déjà, mais ce n'est pas pareil de savoir sans certitude et de savoir vraiment. À cet instant-là, on pouvait encore être "dignes" comme ils disent, mais après, est-ce qu'on y arriverait ? »

Saïd

« Je suis allé les chercher tous les trois. On m'avait seulement demandé d'aller chercher les parents, mais je ne voyais pas pourquoi Adèle ne pourrait pas venir aussi, elle qui attendait Matteo depuis si longtemps. J'avais compris tout de suite qu'ils ne se connaissaient pas, que les parents avaient été surpris de cette présence, qu'ils découvraient l'existence de cette jeune femme dans la vie de leur fils, et qu'ils étaient dérangés par son physique à la fois décalé et intrigant. Mais elle, dès qu'elle les a vus, dès qu'elle a compris qui ils étaient, elle a repris vie, elle s'est occupée d'eux comme une fille l'aurait fait, elle leur a parlé, leur a apporté ce dont ils avaient besoin, leur a serré les mains, les bras, elle a fait corps avec eux, comme toutes les autres familles, enfin c'est ce qu'il me semblait. Par conséquent, les amener ensemble, dans cette salle, ça m'avait paru une évidence.

J'ai dû refaire avec eux la traversée de la cour qui était chaque fois plus interminable. Puis entrer dans le hall, monter l'escalier, taper à la porte de la salle, les faire entrer et moi ressortir sans savoir, car on ne nous disait rien quand on nous demandait d'aller chercher les familles, sans doute pour nous permettre de ne rien laisser paraître quand on leur tendait la main, qu'on leur annonçait qu'on avait des nouvelles et qu'on allait les mener à des gens qui pourraient leur dire. Parfois les gens ressortaient avec de l'espoir, l'adresse d'un hôpital, des mots, “urgence relative”, “urgence absolue”, qui n'ont pas vraiment de sens car la seule chose qu'ils entendent c'est qu'il y a encore de la vie. Mais souvent, les corps étaient brisés, les regards tombés vers le sol, et la seule chose qui les retenait de tomber tout entiers c'est qu'ils devaient soutenir quelqu'un d'autre. Les cris ne sortaient pas. La douleur même ne pouvait pas s'extérioriser. La colère viendrait après. Pour l'instant, c'était juste le silence et les murmures. C'était le pire, avec le froid dehors, la nuit qui tombait. Ce silence qui tordait le ventre. Cette nuit nouvelle qui menaçait de tout engloutir une seconde fois.

Ils ne sont pas restés très longtemps dans cette pièce, cinq minutes peut-être, dix minutes au plus. J'attendais assis sur une chaise devant la porte pour les raccompagner. En sortant, ils ne m'ont pas regardé, alors j'ai su, et mon cœur s'est brisé avec les leurs. Je me suis levé, je les ai guidés. Sans me voir ils m'ont suivi. Je leur ai demandé où ils voulaient aller, ils n'ont pas répondu. C'est Adèle qui a fini par rompre le silence en donnant son adresse. "On va chez moi, a-t-elle dit, ce n'est pas bien grand, mais je vous donnerai mon lit et je dormirai sur le canapé." Je crois qu'ils n'avaient pas très envie, mais ils l'ont suivie. »

V

Adèle sentit immédiatement, instinctivement, sans y avoir réfléchi, qu'elle pourrait trouver dans ce drame où elle avait été projetée presque par hasard, en tout cas par une force qui lui avait échappé, une raison d'être, une densité, une consistance. Enfin. Les parents de Matteo allaient avoir besoin d'elle, ils la regarderaient, ils la considéreraient, ils ne l'ignoreraient pas. Et il n'y aurait pas qu'eux, elle serait aussi une victime de cette tragédie qui endeuillait la France, par ricochet certes, mais une victime quand même, on le lui avait bien dit à l'École militaire, les proches des victimes sont des victimes, la blessure du deuil c'est une blessure comme un coude brisé ou une jambe trouée, être victime c'est être touché, peu importe comment, Saïd le lui avait expliqué de manière très claire, et on ne se moque pas des victimes, on les écoute, on leur fait une place, on pourrait l'être tous, donc on fait attention, d'ailleurs on l'est peut-être déjà, et elle, elle se sentait victime bien avant cela, mais sans l'estampille étatique et la reconnaissance médiatique ce n'était pas pareil, il fallait rester avec ses problèmes et ses douleurs, invisible, se taire, et attendre, rien le plus souvent, attendre rien, mais s'il vous plaît en silence et sans se faire remarquer. C'était fini cette attente muette, elle serait *reconnue* comme une victime, elle n'aurait plus à se taire et se cacher, déjà des vagues lui gonflaient le corps, elles se transformeraient bientôt en mots, en plaintes, en craintes, en revendications, on verrait sous quelle forme, mais elles sortiraient.

Pour commencer, il fallait qu'elle s'occupe des parents de Matteo. Ce qui l'ennuyait c'est qu'ils allaient devoir passer à côté du Bataclan pour rentrer chez elle, les parents verraient les forces de sécurité encore déployées, les barrières, les premiers textes, objets, fleurs, bougies. Elle se demandait si vraiment ils auraient envie de voir ça. Elle ne se rendait pas compte qu'ils ne voyaient plus rien du tout que leurs pieds entremêlés sur le tapis sombre du taxi.

Quand ils sont arrivés chez elle, elle a rangé rapidement la chambre, la cuisine, ouvert les fenêtres qui étaient restées fermées, les a installés, leur a juste dit : « Je vais prendre une douche et je m'occupe de tout. » Ils n'avaient toujours pas prononcé un mot, rien, ils l'avaient suivie en silence. La mère de Matteo, qui lui avait semblé si volontaire quand elle l'avait rencontrée, s'en était remise à elle. Elle écoutait, hochait la tête, obéissait.

Sous la douche, Adèle avait quelques minutes pour réfléchir. Saïd lui avait dit qu'une cellule d'aide aux victimes avait été ouverte, qu'il y avait un numéro de téléphone et au bout du fil des gens qui étaient là pour aider, répondre à toutes les questions, *même les plus incongrues*, avait-t-il précisé, il ne fallait pas qu'elle hésite, ils étaient là pour ça. Bien qu'il soit près de 20 heures ce samedi, elle leur a dit : « Je vais appeler maintenant pour savoir quand on pourra le voir, est-ce qu'il y a d'autres choses que vous aimeriez que je demande ? » Non, pour l'instant, la seule chose qu'ils voulaient, c'était le voir. Les questions viendraient après. Elle a eu tout de suite quelqu'un au téléphone, qui a noté les coordonnées de tout le monde, et lui a promis de la rappeler dans la soirée pour lui donner l'adresse de l'institut médico-légal et lui préciser quand ils pourraient le voir, demain peut-être ou lundi. Il était 20 h 15, ils n'en sauraient pas plus aujourd'hui, et la soirée ne faisait que commencer.

Les parents de Matteo avaient visiblement besoin d'être tous les deux. Elle leur a dit qu'elle sortait faire quelques courses pour le dîner, qu'elle reviendrait dans une heure. À leur regard de reconnaissance, elle s'est sentie soulagée, elle les comprenait, ils s'en remettraient à elle. Quand elle reviendrait, elle leur montrerait ce qui lui restait de sa relation avec Matteo, parce que plus les heures passaient, plus elle était convaincue qu'elle avait bien eu une relation avec Matteo, peut-être pas une relation au sens où les gens l'entendent d'habitude, avec des échanges et des ébats, mais un lien muet qu'il avait forcément senti puisqu'il était là si fort, en elle.

Alors qu'elle marchait dans les rues alentour, qui transpiraient l'horreur et la peine, Adèle passait sans cesse du clair au flou, il allait falloir que l'image se fixe, qu'elle trouve la bonne focale avant de rentrer chez elle, mais ça mettait du temps, elle n'arrivait plus à distinguer le vrai du faux, elle ne savait plus si la vérité, c'était le vécu des autres ou ses mots à elle, ce qui s'était vraiment passé cette nuit-là et ces dernières semaines ou ce qu'elle avait raconté, avec tant de détails, odeurs et couleurs comprises, elle devait choisir, en fait elle avait déjà choisi, les mots étaient sortis avant qu'elle ait eu le temps d'y réfléchir, mentir cela voudrait dire revenir sur son histoire, se trahir elle-même, et pourquoi aurait-elle dû choisir de se mentir à elle plutôt qu'aux autres, pourquoi n'aurait-elle pas droit elle aussi à un peu de reconnaissance, pour une fois ?

À son retour, les parents de Matteo étaient au téléphone, ils parlaient en italien, elle ne connaissait pas cette langue, quelques mots seulement, mais elle devinait, les larmes avaient envahi leurs yeux, leurs joues, les voix étaient devenues sanglots, ils semblaient si fragiles, mais elle était là, elle allait les aider. Il y aurait plein de questions pratiques qui allaient venir après les annonces, préparer les obsèques, transporter le corps, aller chez lui, prendre ses affaires, et puis tous les papiers, les hommages qui ne manqueraient pas. Il fallait qu'elle s'y prépare. Et, pour commencer, discrètement aller dans la cuisine, les laisser tranquilles, et préparer quelque chose à manger, au cas où ils pourraient manger.

Francesca

« Je ne sais pas bien quoi vous dire de cette soirée chez elle. Tout était tellement difficile. J'étais au bord d'un gouffre, noir, vide, sans fond, je ne tenais que parce que tant que je n'avais pas vu mon fils cela ne pouvait pas être vrai, une erreur, il y avait peut-être eu une erreur dans la panique, des noms échangés, ou une mauvaise identification. On ne saurait pas avant le lendemain, au mieux. Chaque heure, chaque minute, chaque seconde ajoutait à notre torture, et on était là, chez une inconnue, on ne savait pas vraiment où on était, on l'avait suivie sans poser de questions, on n'avait rien vu, ni du trajet ni de son appartement, je ne pourrais même pas vous dire à quoi ça ressemblait chez elle, je ne pouvais ni fermer les yeux ni les ouvrir, je n'avais plus aucune sensation, tout m'était indifférent. Je me souviens quand même qu'Adèle parvenait à être moins pesante. Elle avait enfin cessé de parler, juste le minimum, plus de mots superflus, elle nous avait installés dans sa chambre et elle était partie pour nous laisser tranquilles, puis elle avait préparé un repas que nous n'avions pas touché, avec du thé que nous avons bu, et elle est ressortie. Elle avait besoin de revoir les lieux. Nous, on ne voulait surtout pas les voir. Rien de réel ne devait s'imposer à nous tant qu'on n'avait pas vu le corps de Matteo. En même temps, il fallait appeler la famille, les amis, répondre aux appels, raconter, recevoir les condoléances, trouver des mots pour dire notre souffrance sans nous effondrer. Des amis parisiens avaient proposé de venir nous voir, de passer la soirée, la nuit avec nous, d'apporter à manger – moi, je ne comprenais pas pourquoi on voulait à tout prix nous nourrir dans ce moment où justement on ne pouvait rien manger ; de toute façon on était chez Adèle, pas chez nous, on n'allait pas organiser une veillée chez une inconnue et en son absence. Surtout, on n'avait envie de voir personne.

À son retour, Adèle nous a dit qu'on pourrait aller à la morgue le lendemain en fin d'après-midi. Qu'il nous faudrait l'"identifier formellement", ce sont les mots qu'elle a employés, terribles mots qui redonnaient corps à cet espoir infime et vain qu'on avait presque réussi à éradiquer, contre lequel il nous fallait lutter pour ne pas vivre une seconde fois le choc de la nouvelle. On nous avait dit à l'École militaire qu'il n'y avait aucun doute, que c'était lui, qu'il avait dans sa poche un pass de métro avec son nom, et qu'on le reconnaissait sans difficulté, "le visage n'a pas été touché" – vous vous rendez compte de la violence de cette phrase qui avait été prononcée comme ça, d'une voix égale, dans cette salle triste où on avait été reçus quelques minutes, cette phrase horrible faite pour nous rassurer sans doute mais qui depuis ne cessait de rebondir d'un côté à l'autre de mon crâne, me torturant comme ces petites gouttes lâchées à intervalles réguliers sur le front des suppliciés japonais, "le visage n'a pas été touché", sauf qu'il ne respirait plus, qu'il était déjà froid et figé son visage, livide, bientôt verdâtre, cette phrase qui me hantait dès que je cherchais à fermer les yeux, sous mes paupières je ne voyais qu'une fosse de salle de concert avec des corps entassés et au milieu celui de mon fils, visage intact pour mieux voir les autres blessures par lesquelles sa vie s'était enfuie. Avait-il souffert, avait-il compris, avait-il eu peur ? Je ne supportais pas l'idée de sa douleur, je voulais savoir, tout savoir pour souffrir avec lui, le reprendre dans mon corps, à l'intérieur de mon ventre, revenir en arrière pour le protéger du monde.

Vers minuit, je m'étais levée pour boire quelque chose. Adèle était assise dans le salon, sur le rebord de sa fenêtre ouverte, à regarder de l'autre côté de la cour. Elle semblait ailleurs. Il aurait fallu que je lui dise merci, mais aucun mot ne venait. C'est elle qui a fini par briser le silence. Elle m'a demandé de lui parler de Matteo enfant. C'était si maladroit, je ne pouvais pas parler de lui, tant que je ne l'avais pas vu je ne pouvais pas, je ne pouvais rien, mais pas non plus dormir et elle a tant insisté que j'ai fini par raconter. Les premiers mots ont été extraordinairement douloureux, puis je me suis laissée glisser dans mes souvenirs comme dans un lac étale dans lequel on s'abandonne jusqu'à se noyer. Je lui ai confié pendant des heures, à voix haute et les yeux fermés, la naissance de ce gros bébé qui se jetait sur mes seins toutes les heures, de ce petit garçon qui avait fait du Campo dei Fiori sa cour de récréation, abordant dès son plus jeune âge les cafetiers et les vieilles dames du quartier pour se faire offrir des bonbons, puis plus tard monnayant des verres contre les petits dessins qu'il esquissait à longueur de journée, ses longues absences pour courir les musées et les églises, les nuits entières dans les boîtes du Trastevere, les angoisses nocturnes quand, me réveillant soudainement à 4 heures, je constatais qu'il n'était pas rentré, les efforts que je faisais pour ne pas l'appeler alors que le sommeil ne reviendrait qu'avec lui, son rêve de poursuivre ses études aux Beaux-Arts de Paris, son application maniaque à apprendre le français, ses premiers tableaux très figuratifs qui avaient laissé place à des installations comme des œufs en cage ou des forêts de fils de fer, son départ pour la France, suivi de cartes postales hebdomadaires, avec toujours un dessin qui prolongeait les jolis timbres qu'il choisissait avec un soin infini. J'ai parlé de Matteo pendant si longtemps, des heures sans doute, jusqu'à ce que le jour se lève. Il était avec nous tant que mes mots luttaient contre le silence de la nuit, je ne pouvais plus m'arrêter et, si je faisais une pause, elle comblait le vide en posant une nouvelle question.

Finalement, alors que l'aube laissait place au jour, et qu'en face les premières fenêtres s'allumaient, elle s'était levée et m'avait dit : "Il faut que je vous montre quelque chose." »

VI

Adèle ne connaissait presque rien de Matteo, tout juste quelques bribes à partir desquelles elle avait pu donner chair à son histoire, quelques indices qui avaient frappé son imagination, comme ces cartons mouchetés verts et noirs qu'il trimballait souvent avec lui, et ces dessins qu'il laissait partout et qu'elle avait récupérés à l'époque, serviettes sales, nappes coupées, additions noircies, croquis inachevés, qui étaient venus nourrir sa collection d'objets abandonnés, certains clients laissaient derrière eux des stylos mordillés, d'autres des écharpes, d'autres enfin des briquets, il y avait toujours plein de choses à emporter à la fin d'une nuit dans ce petit bar, des objets intimes qu'elle rangeait avec un soin maniaque avant qu'ils ne viennent habiter ses rêveries. Lui, c'était des dessins qu'il abandonnait, avec une constance et une générosité qui ne se retrouvaient chez aucun autre, elle s'y était habitué à ces présents nocturnes qui lui apparaîtraient après coup comme autant de signes prémonitoires. Pendant près de trois mois, chaque fois qu'il venait, elle avait réussi à repartir avec un petit dessin. Une ou deux fois, il n'avait rien laissé, alors oui, il lui était arrivé de prendre autre chose comme souvenir, n'importe quoi dans son sac ou la poche de son manteau, le premier objet qui venait, parce que quand il ne laissait pas de croquis, elle avait l'impression qu'il la volait.

Un jour elle n'avait pas été assez discrète, il allait partir, elle avait peu de temps, elle n'avait pas bien regardé autour d'elle en plongeant la main dans son sac, et le patron l'avait vue. Sur le moment, il n'avait rien dit, il avait attendu la fermeture du bar pour lui parler. En quelques mots auxquels elle n'avait rien pu répondre, il lui avait expliqué qu'il ne rigolait pas du tout avec ça, il ne suffirait pas qu'elle rende ce qu'elle avait pris, elle devait partir, il en allait de sa réputation, des bars il y en a plein, s'il commençait à se dire que, dans le sien, des objets disparaissaient, en quelques semaines ce serait fini, plus personne ne voudrait venir, donc voilà merci, au revoir, pas d'histoire.

Il était près de 3 heures du matin quand elle est partie, et elle n'y est plus jamais retournée. Le patron lui avait dit qu'il pourrait raconter aux autres qu'elle avait trouvé un travail ailleurs, ou juste qu'elle avait disparu, n'importe quoi plutôt que le vol, mais pour cela il fallait qu'elle parte sans rien dire. Sinon, il porterait plainte, il y aurait des procédures, il devrait prévenir le garçon à qui elle avait volé des affaires. Au final, c'est ce qui l'avait convaincue de partir comme ça, juste avant la fin de sa période d'essai. Partir sans se retourner. Ne plus le revoir, ni lui ni les autres, qui ne remarqueraient même pas son absence. Jusqu'à ce matin du 14 novembre. Sur une photo. Cinq semaines plus tard. Après cinq semaines à dormir et regarder par la fenêtre, à attendre, rien, comme tout le monde, et comme avant, quel ennui.

Au cours de ces semaines enfermée chez elle, Adèle avait eu le temps de mettre de l'ordre dans les dessins de Matteo. Il y en avait de deux types. Des petits croquis qui représentaient la vie autour de lui, des visages, des mains, des verres, plus rarement des portraits de groupe aux contours à peine esquissés mais qui racontaient un instant, une joie, un éclat de rire. Et des formes qu'elle ne comprenait pas vraiment, qui avaient l'air d'être des esquisses pour autre chose, ou des pensées couchées sur du papier mais auxquelles il manquerait des mots. Des traits, des cercles, des lignes horizontales et verticales, des courbes inachevées, toujours avec beaucoup de perspective, et parfois quelques lettres, comme pour indiquer le nord.

Elle montra les dessins à Francesca, prenant beaucoup de soin à raconter Matteo dans son bar, à mettre des noms sur certains visages, à faire revivre des scènes de comptoir, quand les gens soudain criaient pour se parler parce que la musique était trop forte et continuaient à hurler des choses absurdes entre deux chansons alors que le silence se faisait et qu'on entendait plus qu'eux. C'était un bar d'habitués où les groupes restaient souvent les mêmes, mais la plupart des gens se connaissaient, parfois se mêlaient, pour attendre d'autres copains, ou pour des transferts, quand il y avait des rencontres amoureuses.

Elle, elle n'y avait lié connaissance avec personne. Là-bas pas plus qu'ailleurs. D'aussi loin que remontaient ses souvenirs elle avait toujours été transparente. On ne faisait jamais attention à elle, on ne la reconnaissait jamais, et quand, enfant, elle essayait de se rendre visible aux yeux des autres c'était toujours avec beaucoup de maladresse, un rire déplacé, une manière de s'inviter dans les jeux qui gâchaient immanquablement la partie, des observations qui tombaient à côté et provoquaient les sarcasmes. Elle avait progressivement renoncé, préférant ne pas être vue qu'être moquée. Elle s'était réfugiée dans les livres, les histoires, les siennes et celles des autres, elle s'entraînait devant un miroir à parler, se transformer, changer de voix et d'allure, elle se disait qu'à force de travail elle arriverait à être ce que les autres attendaient, et peut-être ainsi pourrait-elle se faire de vrais amis, pas ceux qui peuplaient sa tête, qu'elle convoquait et congédiait à sa guise, mais des vrais amis, des amis dans le monde réel.

Tant que son père avait été là, elle s'était accommodée de tout, de son visage banal, de son corps grand et massif, de sa solitude et de ses mondes imaginaires. Dans les rares moments où ils étaient tous les deux, où il était véritablement avec elle, il avait réussi à en faire un jeu. « Tu pourrais être agent secret, ma petite Adèle, disait-il, la transparence est une qualité recherchée dans ce métier. » Il lui montrait des films d'espionnage et il l'entraînait à faire l'espionne : elle devait dire trois fois bonjour à une même vendeuse qui lui adressait chaque fois la parole comme si c'était la première fois qu'elle la voyait. Il suffisait qu'elle change de côté une mèche, qu'elle sourie au lieu de bouder, ou qu'elle fasse pencher son corps du côté opposé, pour que les gens aient l'impression de la voir pour la première fois. Parfois, elle s'y perdait, elle ne savait plus ce qu'elle avait inventé, ce qu'elle avait joué, ce qu'elle avait rêvé, ce qui appartenait ou non au réel, ni à quel degré.

Adulte, elle restait persuadée que, petite fille, elle réussissait à transformer les serviettes de cuisine en tapis volants, le soir, en attendant son père, parfois tard dans la nuit, elle se mettait en tailleur, bien concentrée, les yeux fermés, et à un moment elle quittait le sol, pas beaucoup et pas longtemps mais, plus elle s'entraînait, plus elle se levait haut, un jour elle aurait pu toucher le plafond si elle avait continué, peu importait que son père la retrouve toujours endormie quelque part dans la maison, les tapis volants, c'était pour de vrai, avant le sommeil, elle en était certaine.

À la mort de son père, alors qu'elle entrait avec peine dans la vie d'adulte, elle eut beaucoup de mal à trouver un équilibre nouveau. Elle ne savait pas comment vivre avec cet état de confusion qui lui rendait si difficile de distinguer nettement la vie réelle de sa vie rêvée. On ne lui avait jamais appris. Son repère, c'était le regard de son père, les mots qu'il lui apprenait pour mettre de l'ordre, les histoires qu'il inventait pour lui donner une place, un rôle. Sans lui, elle redevenait transparente, privée de toute accroche au monde extérieur. En elle, tout se mélangeait, et, au-dehors, on ne la voyait pas, ou quand on la voyait une fois, on ne la reconnaissait pas la suivante. La non-permanence de son être dans le regard des autres rendait impossible qu'elle puisse se trouver une identité propre. Elle avait cherché de mille manières comment retrouver cette épaisseur sans laquelle sa vie lui semblait un songe. Elle ne pouvait plus rester seule. Pour la première fois elle eut besoin des autres, besoin d'exister en eux, pour eux, pour exister à nouveau en elle-même et pour elle-même. Mais elle ne savait pas comment s'y prendre. Étudiante à Paris, perdue dans des amphis immenses, sans vocation ni désir particuliers, cela n'aurait jamais pu marcher. D'autant qu'elle avait besoin d'argent. Elle s'était donc lancée dans la vie professionnelle. Elle était recrutée facilement, elle avait l'air sérieuse et sa tête passe-partout plaisait bien, chacun y voyait ce qu'il avait envie d'y voir. Mais toutes les expériences s'étaient achevées en déception. Hôtesse dans des salons, elle était toujours de celles qui rangent les manteaux derrière le comptoir, jamais à l'accueil, grand sourire, pour représenter l'image voulue par le client de la boîte d'intérim. Surveillante de collège, elle était toujours affectée aux remplacements, comme si sa place ne comptait finalement pas, là ou ailleurs, personne ne le remarquerait. Enfin, serveuse dans ce petit bar de quartier depuis le début de l'été dernier, elle était la seule dont les clients n'arrivaient jamais à retenir le nom, même après plusieurs fois, Armelle, Amélie, Marielle, elle avait tout eu. Mais Adèle, rarement. Pourtant, ce prénom qui n'était pas vraiment le sien, elle le portait avec fierté. C'était le prénom de sa grand-mère, la mère de son père, qui avait été un peu la sienne, à défaut d'en avoir une, de mère, et ça avait été fugacement celui de cette grande sœur qu'elle n'avait pas connue. Quand son père avait été à la mairie pour déclarer sa naissance et inscrire comme prénom celui de sa sœur morte exactement dix mois plus tôt, pour garder leur Adèle, effacer le drame, sauver ce qui pouvait l'être en revenant en arrière, le fonctionnaire borné avait refusé, il avait imposé à son père de choisir un autre prénom, Adèle en deuxième prénom s'il y tenait, mais il fallait que ce bébé ait « son identité », disait-il. Il l'avait finalement appelée Marianne – parce qu'il avait le buste sous les yeux et aucune autre idée de prénom possible. Marianne, Adèle V. C'était écrit sur ses documents officiels, parfois les premiers jours dans une nouvelle école cela avait créé un peu de confusion, mais sinon tout le monde l'avait toujours appelée Adèle, et elle y tenait à ce prénom qu'on lui avait confié comme un trésor et qui la lestait comme un fardeau.

Pour l'instant, elle regardait les dessins avec Francesca, étrange mère de substitution, en attendant ce jour qui venait timidement, perçant à peine, ce jour qui hésitait à s'imposer, comme s'il savait qu'il ne pourrait apporter que de la douleur supplémentaire. Bientôt il faudrait réveiller le père de Matteo, pour affronter le corps froid du fils. Ce père qui avait perdu toute émotion et le son de sa voix, devenu un corps étranger à lui-même et aux autres, bloc de matière dont rien n'émanait et dans lequel rien ne rentrait.

Elles ne pouvaient pas se préparer à ce moment, il fallait que le temps passe, l'occuper pour qu'il accélère, alors elles regardaient et regardaient encore, à s'en user les yeux, la petite cinquantaine de dessins volés qui étaient à ce moment-là ce qu'il y avait de plus vivant de ce jeune homme si vivant, qu'elle avait aimé, elle en était certaine maintenant, et elle ne voulait plus quitter Francesca qui, en lui parlant et en l'écoutant, lui donnait un peu de l'épaisseur qu'elle avait tant recherchée. Un tout petit peu, car elle était ailleurs encore, mais ce petit peu, c'était déjà une libération, elle ne pourrait plus revenir en arrière, c'était trop tard, elle irait au bout.

Francesca

« Oui, bien sûr, Adèle est venue avec nous à l'institut médico-légal. Sa présence était toujours agaçante, mais je ne pouvais plus décider de rien. Tout s'était brisé en moi, un peu comme si une bouteille de verre avait éclaté en mille morceaux au plus profond de mon corps, vous imaginez des éclats qui vous tailladent les veines, la peau, qui vous cisaillent les muscles, mais à l'intérieur de vous, ils sont là, dedans, et à chaque mouvement ils font plus mal. De l'extérieur, je devais donner le sentiment de tenir debout, corps rigide et regard vide, il y avait juste ces larmes qui déboulaient soudain, sans contrôle, au milieu de la phrase la plus banale, et ma voix qui avait mué, laissant apparaître une brisure à la fin de chaque mot. Mais dedans, c'était fini, le chaos imposé par une douleur innommable, une douleur qui n'a pas de nom, dans aucune langue. Mon mari en avait perdu la voix. Il était rentré dans le silence, comme pour prendre acte de l'indicible, renoncer aux paroles qui ne pouvaient plus faire sens.

À peine sortis de la morgue, il avait fallu se confronter à toute une série de choses pratiques qui étaient à la fois insurmontables quand on essayait d'y penser dans leur totalité, et des points d'appui pour avancer heure après heure, se concentrer sur les difficultés matérielles pour écraser la douleur morale. On n'aurait jamais pu s'en sortir tout seuls, et Adèle était là, elle ou une autre ça ne faisait aucune différence, tant qu'elle aidait sans trop parler, et qu'elle parlait aux autres à notre place, à tous ces autres qui voulaient nous aider, moi ça m'allait. S'en tenir au minimum de mots et au minimum de gens, les étrangers comme les proches, éviter tout contact superflu, parce que je savais qu'à tout moment ces gens-là pourraient – sans le vouloir mais quand même – prononcer une phrase, ou un mot, un tout petit mot, sur lequel viendrait s'accrocher la culpabilité, les questionnements sans fin, un tout petit mot qui viendrait me hanter pendant des mois, ce que nous n'avions pas fait ou dit qui aurait permis qu'il soit ailleurs ce soir-là, une phrase ou un mot qui me blesserait comme un coup de grattoir sur une plaie à vif, aussi brutal qu'il serait inattendu.

Au moins Adèle avait fini par comprendre qu'on avait besoin de silence, elle parlait de moins en moins, de son histoire avec Matteo un peu trop, mais pour le reste très pragmatique, ne cherchant ni à expliquer l'inexplicable, ni à apaiser l'inapaisable, et elle avait tout pris en main. Alors que je ne savais ni par où commencer ni par où finir, elle nous avait dit : "Je vais aller dans le studio de Matteo pour reprendre ses affaires, je pourrai les ranger et les mettre dans la cave chez moi en attendant que vous décidiez ce que vous voulez en faire, puis je contacterai le propriétaire pour mettre fin au bail, il est hors de question que vous dormiez là-bas, vous restez chez moi, je vais m'occuper de vous, c'est ce qu'il aurait voulu." Elle a dit ça, je m'en souviens très bien, "c'est ce qu'il aurait voulu". Je m'en souviens parce qu'à ce moment où j'avais tout juste accepté de m'en remettre à elle, cette phrase m'avait heurtée, je m'étais dit, mais qu'est-ce qu'elle en sait, elle, de ce qu'il aurait voulu. Le sentiment de rejet que j'avais eu en la voyant la première fois, ce sentiment qui ne m'avait jamais complètement quittée, était revenu avec cette phrase, aussi violemment que subrepticement. Je ne cessais de lutter contre, car j'avais besoin de lui faire confiance, mais ça m'avait marquée, gêne imperceptible qui restait comme une piqûre, et que je ne pouvais expliquer à personne. Une autre chose me troublait, c'est que pas une seule fois elle n'avait pleuré, aucun sanglot, les yeux secs, envoûtants mais secs. Je sais bien que chez certaines personnes les larmes se sont taries définitivement, ou qu'elles n'ont jamais trouvé le chemin qui va du cœur aux joues, mais il n'y avait pas que ça, aucune manifestation habituelle de tristesse ou de détresse, une maîtrise froide, à chaque instant. Au moins pour ça elle n'avait pas fait semblant.

Adèle s'est occupée aussi des billets d'avion et de toutes les relations avec la cellule d'aide aux victimes qui avait permis d'accélérer l'autopsie et le rapatriement du corps. Pour la partie italienne, elle ne pouvait rien faire, c'est moi qui ai dû contacter la mairie pour préparer les obsèques, rappeler les personnalités qui voulaient être présentes, parce que être à l'enterrement de mon Matteo ça avait apparemment une dimension symbolique et diplomatique, on m'avait prévenue que je devrais m'attendre à ce que beaucoup, beaucoup de monde vienne, des gens qui ne l'avaient jamais rencontré et ne l'auraient jamais croisé, eût-il vécu cent ans. On a fixé la date. On a publié le faire-part dans *La Repubblica* et le *Corriere della Sera*. Et on est repartis. Avec elle. »

VII

Adèle n'aurait jamais dû aller à Rome. À Paris, elle avait réussi à tout prendre en main, elle étouffait la moindre question naissante, elle écartait au téléphone les importuns qui voulaient témoigner de leur amitié pour Matteo, elle s'était peu à peu imposée comme le canal unique de communication entre sa famille et le reste du monde. Elle avait aussi donné corps à son histoire en la racontant à plusieurs journalistes, avec un luxe de détails qui grossissait de jour en jour, l'attente joyeuse de Matteo, puis les bruits qui avaient envahi son appartement, la peur immédiatement, l'attente inquiète cette fois-ci, l'arrivée à l'École militaire, la rencontre avec les parents, la morgue… À l'un d'entre eux, parce qu'il n'avait pas l'air de s'intéresser beaucoup à ce qu'elle lui disait, elle avait raconté qu'elle était sortie de chez elle dès les premières sirènes, pieds nus, les rues bloquées par les forces de sécurité, les survivants et les blessés sortant par-derrière, l'aide qu'elle leur avait apportée, la porte de son immeuble ouverte pour les accueillir, les protéger, ses habits et serviettes qu'elle avait descendus pour faire des garrots, couvrir, réchauffer, le sang qu'elle avait sur elle en remontant, pas le sien mais elle s'était sentie blessée, et personne n'avait de nouvelles de Matteo. Après coup, elle avait eu peur, elle était allée trop loin, il ne faudrait pas qu'elle recommence, des gens auraient pu se dire qu'ils ne l'avaient jamais vue, que dans ce hall il n'y avait personne – même cela, elle ne le savait pas. Heureusement, dans son article, le journaliste n'avait quasiment rien retenu de son histoire, et elle s'en était par la suite rigoureusement tenue à la version la plus simple, celle qu'elle avait élaborée dans l'urgence, devant les grilles de l'École militaire.

En Italie, projetée dans le monde de Matteo, déstabilisée dans son rôle car inutile, Adèle était redevenue invisible. Là-bas, tout ce qui s'était lentement mis en place se désintégrait à vue d'œil. Là-bas, c'était elle, l'étrangère. Là-bas, personne pour s'appuyer sur elle, personne pour se soucier de sa peine, personne pour lui tenir compagnie lors des deux longues veillées funéraires dans le grand appartement avec vue sur le Tibre, ombre noire, ondulante et inquiétante, fleuve mythique dans lequel avaient été jetés Romulus et Rémus avant d'être recueillis et élevés par une louve, on se trouve la mère qu'on peut, Adèle était bien placée pour le savoir. Tassée dans un grand fauteuil près d'une fenêtre que les gens contournaient en allant sur le balcon fumer une cigarette, elle regardait fascinée ce coude du fleuve où se nichait une île hôpital, malades au cœur de la ville mais isolés par cette eau mouvante.

Le second matin, elle sortit faire un tour. Longeant le fleuve et cette île, dépassant le ghetto dans lequel elle eut peur de pénétrer sans savoir pourquoi, elle arriva devant une petite église sous le porche de laquelle elle reconnut un masque immense et rond, avec des trous à la place des yeux, du nez et surtout de la bouche, cette bouche qu'elle avait vue dans un vieux film qui l'avait marquée, la bouche de la vérité se souvenait-elle, qui mordait la main de quiconque avait un mensonge, même infime, sur la conscience. De nombreux touristes attendaient pour poser tranquillement, la main dans la bouche, tout sourire sur la photo, même pas peur, photo qu'ils pourraient exhiber en guise de passeport de bonne foi. Sans y réfléchir, elle se mit dans la file d'attente, elle n'était pas tranquille, mais elle avait besoin de savoir qu'elle ne mentait pas vraiment, puis elle en ressortit soudainement, courut s'acheter des gants, et revint, rassurée à l'idée que, si jamais, la morsure ne la saisirait pas aussi vivement et ne laisserait pas de marque. Quand vint son tour, elle ferma les yeux avant de plonger la main dans ce trou en forme de bouche, elle la laissa quinze secondes, comptant consciencieusement, la respiration coupée, il ne se passa rien, elle put souffler, il était temps d'avancer, de repartir, la conscience plus légère, de laisser passer l'enterrement puis de rentrer à Paris, pour préparer la suite.

Le lendemain, jour des obsèques, il y eut un monde insensé. L'église était magnifique, Saint-Louis-des-Français, c'était une proposition de l'ambassadeur de France, les parents de Matteo avaient hésité, ils comprenaient ce lien qui les unissait maintenant pour toujours à la France mais ils la détestaient aussi de leur avoir arraché leur fils qui avait rêvé d'en faire sa seconde patrie. Ce qui les avait finalement décidés, c'est que Matteo avait tant aimé ce lieu, plus jeune il lui arrivait de s'y arrêter presque chaque jour pour y contempler, des heures durant, le triptyque du Caravage illustrant la vie de saint Matthieu, sa vocation, son martyre, sa rencontre avec l'ange. Cette fascination qu'il avait eue pour cette œuvre, pour cette envahissante obscurité à laquelle il avait fait tant de place dans ses propres peintures, prenait à ce moment-là une résonance très particulière, vie et mort d'un martyr, illustrée par une ombre qui n'est pas privation de lumière, juste son atténuation, pour faire ressortir les clairs et les obscurs, donner du relief et du mystère, l'ombre comme ultime victoire sur le chaos, avant les ténèbres. Peut-être n'était-ce pas tout à fait un hasard si Matteo, qui vivait son art comme un moyen d'alerter sur les risques que l'humanité se faisait courir à elle-même, avait pu être fasciné par ce peintre, contemporain de Giordano Bruno, mort quatre cents ans plus tôt d'avoir osé destituer l'homme de sa position centrale dans l'univers. Quatre cents ans et toujours la même question. Comment faire entendre à l'homme qu'il ne peut pas être le centre de tout, qu'il ne l'est pas, que s'il continue à le croire, il détruira tout, et lui aussi ?

En attendant, ce martyr qui se tenait là, juste derrière eux, faisait froid dans le dos d'Adèle, elle ne l'avait pas bien regardé mais assez pour avoir perçu le bourreau au centre du tableau, la haine pure et nue en pleine lumière, l'épouvante dans les yeux des témoins fuyant tout autour, et ces corps vivants mais entassés, emmêlés, sur lesquels viendrait s'effondrer celui de Matthieu, quelques secondes après le moment saisi par le peintre, l'arme levée prête à s'enfoncer dans ce corps jeté à terre, aube blanche déjà teintée de quelques gouttes de sang. C'était trop, comme ce chant qui s'était élevé lors de l'entrée du cercueil, extrait d'un oratorio de Scarlatti, Ève annonçant à Adam qu'elle pressent la mort de son fils Abel, « *Mio sposo al cor mi sento incognito dolor* », il fallait vraiment qu'elle se sente coupable, Francesca, pour avoir choisi un morceau pareil comme adieu à son fils.

Tout cela était très nouveau pour Adèle qui n'était presque jamais entrée dans une église, avec sa grand-mère pour une messe de Noël et peut-être une fois à Pâques. Elle en fut plus secouée qu'elle ne l'aurait pensé, elle frissonnait, elle faillit pleurer, soudain bouleversée par la mort de ce garçon qu'elle connaissait à peine. Heureusement la suite de la cérémonie fut plus convenue et lui permis de retrouver ses esprits, elle avait besoin de rester concentrée. Le maire avait tenu à faire un discours assez long. Puis le prêtre, après avoir expliqué en français qu'exceptionnellement la cérémonie dans cette église se déroulerait en italien, procéda à toute une série de rituels. L'ambassadeur de France était là, pas loin de la famille, de l'autre côté de la travée, ostensiblement discret, pour représenter son pays tout en respectant le deuil des proches. Quand ce fut fini, elle alla le voir pour se présenter et lui demander ce qu'elle ferait justement, la France, pour rendre hommage à ces hommes et ces femmes assassinés d'avoir vécu dans un pays qui voulait à tout prix porter en bandoulière des valeurs de liberté, d'égalité, de fraternité. Il l'avait serrée dans ses bras avec délicatesse, et lui avait dit qu'un hommage national serait rendu dès la semaine suivante, il venait de l'apprendre, si elle lui donnait ses coordonnées il lui enverrait les détails pour qu'elle puisse venir avec la famille de Matteo, le ministère paierait tous les billets, aucun obstacle matériel ne devait entraver ce moment de recueillement collectif dont la France avait besoin. Elle n'en avait parlé à personne.

Un peu plus tard, alors que la nuit tombait et qu'elle s'était retirée dans la chambre dans laquelle on l'avait installée, elle avait reçu un sms de Saïd avec la date et l'heure de l'hommage, et ce petit mot : « J'espère que vous allez bien, je suis là si besoin, n'hésitez pas Adèle. » Ça l'avait touchée, il se souvenait de son prénom et il avait pensé à la prévenir. Elle se sentait si seule ce soir-là qu'elle l'avait appelé. Ils avaient parlé longuement, surtout lui, de ce que c'était que de perdre un proche, des étapes du deuil, de l'impact des attentats en France, de toutes les questions qui allaient inévitablement se poser sur les raisons pour lesquelles on n'avait pas pu éviter des attaques aussi préparées, des associations qui se créaient pour que les victimes se sentent moins seules, et pour forcer l'État à apporter des réponses, des médias qui commençaient à se faire le relais de toutes ces interrogations.

Plus elle se laissait bercer par la voix de Saïd, plus elle voulait retourner vite là-bas. Chez elle. Avec ces gens qui s'organisaient. Elle trouverait sa place auprès d'eux. Ici la mère de Matteo ne la voyait presque plus. Sans parler de son père dont elle ne connaissait toujours pas le son de la voix. Mutique, il était. Depuis qu'elle l'avait rencontré à l'École militaire, il n'avait pas dit un mot. Parfois un mouvement de tête, qu'on était censé comprendre, mais de son sorti de sa bouche, aucun, même pas en italien, même pas un sanglot. La douleur lui avait fait perdre les cordes vocales. Tout le contraire du reste de la famille romaine qui n'arrêtait pas de parler, il y avait du bruit en permanence, des voix, de la musique, des borborygmes, n'importe quoi plutôt que le silence qui aurait pourtant permis de se recueillir et de se souvenir – mais peut-être était-ce cela justement dont ils avaient peur.

Et puis il y avait les murmures dans son dos, qu'elle devinait sans comprendre, qui elle était, pourquoi elle traînait là, des murmures malveillants, elle le savait, le ton remplace souvent le sens. Elle repartirait dès le lendemain. Avant cela, il fallait qu'elle parle à Francesca d'une idée qu'elle avait eue pour faire vivre – pour qu'*elle* fasse vivre, la mémoire de Matteo. Elle allait créer un musée. Pour lui. Avec ses œuvres. Il avait voulu devenir un artiste. Grâce à elle, il le serait. Posthume. Comme tous les grands artistes. Il y aurait sans doute des obstacles matériels, mais d'autant moins qu'elle irait vite car, pour l'instant, personne ne pouvait rien leur refuser. Elle avait eu cette idée en repensant à une histoire lue dans un Guide bleu d'Istanbul qu'elle avait retrouvé dans les affaires de son père. Un écrivain turc venait de créer, dans une petite maison rouge, un musée pour des personnages de roman, avec leurs vêtements, des photographies d'eux, leurs mégots de cigarette, leurs couverts, des objets bien concrets qui avaient appartenu à des êtres imaginaires. Un musée pour donner corps à une fiction, ça l'avait marquée.

Francesca

« Adèle est restée à Rome à peine quelques jours. Le lendemain des obsèques, elle m'a annoncé qu'elle repartait à Paris. Je ne m'étais pas beaucoup occupée d'elle mais la rapidité de son départ m'avait un peu surprise, d'autant qu'elle était la seule des amis parisiens de Matteo à être venue. Elle m'avait dit qu'elle avait prévenu les autres mais qu'ils n'avaient pas pu, Rome, c'était loin, il y avait beaucoup de victimes à Paris, ses amis qui étaient avec lui au Bataclan ne pouvaient pas se déplacer, enfermés chez eux, peur de l'avion, besoin de rester avec des proches. Elle était devenue en peu de temps l'unique lien entre la vie parisienne de Matteo et nous. Tout passait par elle. Nous avions accepté que le numéro référent de la cellule d'aide aux victimes soit le sien, elle répondait à tous les appels à notre place, elle nous avait si bien déchargés que nous n'avions plus qu'elle. La perspective de son départ créait un vide nouveau, inattendu. Avec elle, s'enfuyaient les derniers mois de la vie de Matteo. Adèle partie, le présent devenait brutalement le passé.

Le matin, avant d'aller à l'aéroport, elle m'a parlé d'une idée de musée pour Matteo. Elle s'était convaincue qu'elle trouverait un lieu, des financements, et elle était prête à y passer du temps. Un mémorial, c'est morbide disait-elle, un musée c'est la vie éternelle. Comme elle voulait jeter un œil aux œuvres qu'il avait laissées ici, je lui ai montré la chambre de Matteo. Elle s'y est enfermée plusieurs heures, je ne sais pas ce qu'elle a fait dans cette petite chambre, où il restait quelques livres, des cartons de dessins, et ses habits, guère plus. Je n'ai pas osé aller voir, je ne pouvais pas y entrer, encore moins toucher quoi que ce soit. Si ça n'avait tenu qu'à moi, j'aurais fermé à clé la porte de sa chambre, et on l'aurait retrouvée intacte quand l'appartement aurait été vendu, après notre mort à nous. Un sanctuaire dans la maison. Une chambre-tombe. Un asile pour notre fils. Son lieu de repos, d'enfant pour toujours.

Je ne sais pas ce qu'elle a pris. Je n'ai pas osé lui demander à l'époque. Je ne le sais toujours pas d'ailleurs. Elle m'a serrée dans ses bras, et elle est repartie, avec une deuxième valise. Je n'ai revu Adèle que plusieurs mois plus tard, dans des circonstances bien différentes. »

Saïd

« Après le premier appel d'Adèle, je l'ai eue au téléphone à de nombreuses reprises, presque chaque jour pendant toute une période. On parlait des hommages, du besoin qu'elle avait eu de rentrer vite en France pour rencontrer d'autres victimes des attentats, pour ne plus se sentir aussi isolée au milieu de cette grande famille qui parlait très fort et tout le temps une langue qu'elle ne comprenait pas. C'est pour ça que je n'avais pas été surpris de la voir arriver seule aux Invalides. Les parents n'avaient pas eu le courage, m'avait-elle dit. Il y avait des amis de Matteo, mais elle ne les connaissait visiblement pas. En tout cas, elle n'a fait aucun effort pour aller les voir. Je m'étais approché d'elle exprès, pour les lui désigner de loin, afin qu'elle ne soit pas si seule à attendre dans le froid le début de cet hommage, mais elle n'a pas bougé, et je suis retourné à ma place, debout, dans le carré réservé aux forces de secours.

Quand la voix de la chanteuse a déchiré le silence, “Pour quoi, comment, quand et pourquoi ? Contre qui ? Comment ? Contre quoi ? C’en est assez de vos violences !”, quand les photos des victimes ont commencé à défiler, quand les violons ont lancé leur sanglot immense, quelque chose s’est déchiré en moi, spasmes terribles, incontrôlables, qui me faisaient trembler alors que je devais rester impassible.

Depuis des jours et des semaines, quatorze jours exactement, qui m’en semblaient cent, j’accompagnais des familles, des proches, j’essayais de trouver le mot juste, de débrouiller les difficultés dans lesquelles ils se perdaient souvent, de transmettre des informations, de mettre en relation avec des psychiatres, des médecins.

Depuis des jours et des semaines, je tenais le drame à distance, j’oubliais les premiers instants, les premiers cris, je me noyais dans le quotidien. Et là, dans cette grande cour froide de ses pavés clairs, peuplée de gens en noir, raides ou affaissés, j’ai reçu un choc immense, déflagration intérieure aussi violente qu’inattendue. J’ai tout fait pour ne pas le montrer, je n’étais pas une victime, je n’avais pas le droit, j’étais là, debout, pour aider les vraies victimes, moi qui n’avais perdu personne, moi qui n’avais rien vu, rien entendu, rien souffert dans ma chair. Pourquoi cette vague qui me faisait frissonner ? Pourquoi ces larmes qui jaillissaient sans prévenir ? Pourquoi cette frayeur qui s'emparait de moi ? Je n'avais pas le droit. Pas le droit. Je me sentais coupable, voleur de douleurs qui ne m'appartenaient pas, usurpateur d'un drame que je n'avais fait qu'accompagner. La culpabilité envahissait tout, elle venait noircir mes nuits et déstabiliser mes jours.

Depuis des jours et des semaines, je faisais bonne figure mais je ne pensais plus qu'à l'attentat, je revivais en songes cette nuit où je n'étais pas, et pendant ces jours où je ne vivais plus que pour ceux qui y étaient je me demandais sans cesse ce que je pourrais faire pour aider mieux, ce que j'avais manqué, les mots maladroits que j'avais forcément prononcés, creusant encore davantage la douleur de ceux qui se reposaient sur moi. Je n'étais pas une victime et je me sentais coupable. J'avais peur de tous les moments calmes, des nuits qui imposaient la passivité, de fermer les yeux sur ce cauchemar qui s'emparait de mon esprit chaque fois plus intensément, plus précisément, je marchais dans la rue, je voyais des motos arriver au loin, je me jetais derrière une voiture et, bien caché, j'entendais les tirs et les hurlements, je restais caché, je ne bougeais pas, je me planquais, et mon corps ne me répondait plus, lourd comme une pierre.

Depuis des jours et des semaines, j'avais tenu sur un fil fragile qui venait de se briser, claquer comme un élastique qu'on a trop tiré, avec un bruit de canon dans cette cour de pierre. Ce bruit de canon dans un lieu militaire, comme le premier jour avec les victimes, semblait nous dire que nous étions en guerre alors que la chanteuse continuait, qu'elle m'arrachait des larmes qui ne s'arrêtaient plus, nous invitant à refuser cette guerre qu'on nous imposait, "et ne se battre seulement qu'avec les feux de la tendresse". Je priais pour que cette cérémonie finisse, que je puisse me remettre à agir, faire des choses, ne plus penser, ne plus être seul face à moi-même. Aider, n'importe qui, et elle d'abord, sauver la première victime que j'avais vue pour ne pas avoir à penser à moi.

J'ai cherché Adèle du regard. Elle était loin, assise avec les familles des victimes, mais j'ai fini par l'identifier, petit point noir au milieu des petits points noirs. J'avais l'impression, vu de loin, que son visage s'agitait en tous sens, comme si elle voulait voir tout ce qui se passait autour d'elle. Les autres étaient comme rentrés en eux-mêmes, inaccessibles, indifférents et elle, elle tentait d'aspirer ce monde extérieur, de mémoriser chaque visage, d'apprendre chaque phrase de ce discours que le président de la République était maintenant en train de prononcer : “Nous rassemblerons nos forces pour apaiser les douleurs et, après avoir enterré les morts, il nous reviendra de réparer les vivants.” Réparer les vivants. Voilà ce à quoi il fallait que je m’accroche, comme à une mission qui m’aurait été directement confiée. Ces mots-là, à cet instant précis, avaient été prononcés pour moi. Alors oui, ce n’était pas le protocole, c’était même totalement contraire au protocole, mais je n’avais plus le choix, j’avais décidé que je ne l’abandonnerais pas, que si je devais ne réparer qu’un seul être vivant ce serait elle, qui m’obsédait depuis le premier jour, qui avait l’air de porter une souffrance si ancienne, plus profonde encore que la perte qu’elle venait de subir, elle qui me regardait comme pour me dire : “Je suis prête à être sauvée, je t’attendais.”

Après la cérémonie, j’ai réussi à la retrouver sous la grande tente où étaient accueillis les proches des victimes, et je lui ai donné rendez-vous dans un café un peu plus tard. Elle a dit oui sans hésiter, elle avait même l’air contente, c’était peut-être étonnant dans ce contexte, mais elle était d’accord, c’était l’essentiel.

Au café, j’ai remarqué qu’elle s’était un peu maquillée, elle ne ressemblait déjà plus tout à fait à la jeune femme négligée de l’École militaire, elle se tenait plus droite, les cheveux noués, le regard presque fier. Elle m'a dit quelques mots convenus sur l'hommage, très émouvant, il lui avait fait du bien parce qu'elle avait senti une communauté forte, soudée, mais il faisait froid et l'attente avait été un peu longue, bref des remarques de ce style. Puis elle s'est remise à m'interroger, comme la première fois que je l'avais rencontrée. Elle m'a demandé qui étaient tous ces gens, comment ils réagissaient, quelles questions ils posaient et ce que je leur répondais, ainsi que les noms et les numéros de ceux qui avaient commencé à monter des associations.

Elle avait besoin de tout savoir. Son sac en toile noire débordait d'extraits de journaux avec les photos et les histoires de chaque victime. Elle les avait soigneusement collectés et commencé à les consigner dans un cahier dans lequel elle prenait des notes, passant d'une victime à l'autre, s'arrêtant sur les détails de tel ou telle, cherchant à savoir comment entrer en contact avec les survivants, dont on parlait moins, beaucoup encore hospitalisés, parfois pour de longues semaines, reconstruction du corps avant de s'occuper des autres plaies, moins visibles et plus profondes. Elle était extrêmement précise, cherchant à reconstituer chaque “destin” – c'est le mot qu'elle employait. Comme si avoir perdu Matteo la rendait solidaire de toutes les autres victimes, ou plutôt de chacune d'entre elles, à laquelle elle rattachait une histoire.

C'est à cette période aussi qu'elle m'a parlé pour la première fois de son idée de musée pour Matteo. J'ai tout de suite pensé, sans oser le lui dire, que c'était vraiment bizarre, que les autorités publiques voudraient sûrement un lieu pour toutes les victimes, et que de toute façon un musée pour une personne c'est assez rare. À Paris je crois qu'il y en a quelques-uns, mais pour des peintres ou des sculpteurs qui ont eu une œuvre immense, souvent dans des lieux où ils ont habité, pas pour des jeunes artistes. Et Matteo, ce n'était pas Basquiat quand même, enfin je ne crois pas, à vrai dire je n'ai jamais rien vu de lui, à part quelques croquis qu'elle avait rangés dans son grand sac sans fond. D'une certaine manière, son idée me touchait parce que j'ai toujours aimé les musées, je peux y passer des après-midi entières, ce qui n'avait pas l'air d'être son cas, elle avait une conception assez abstraite de ce qu'est un musée, pour elle il fallait un lieu, beau de préférence – mais n'importe quelle petite maison avec quelques pièces où accrocher des œuvres pourrait faire l'affaire, et voilà, cela faisait un musée.

Les jours suivants, on a continué à s'appeler très régulièrement. La conversation était souvent chaotique, décousue, Adèle passait sans transition de sa tristesse, de ses souvenirs, de ce qu'elle voulait faire pour Matteo, à ses interrogations obsessionnelles sur le deuil en général, les victimes, ce qu'elles faisaient de leurs journées, comment elle pourrait les aider, comprendre ce qui s'était passé, les failles dans le renseignement sur lesquelles les journaux s'interrogeaient de jour en jour, la longueur de l'intervention, la peur que cela ne recommence. Elle disait qu'elle ne pourrait plus jamais aller au concert, ou voir un spectacle au théâtre ou dans un cirque. Elle disait que le métro lui faisait peur, alors elle marchait. Elle disait qu'elle ne voudrait plus travailler comme serveuse dans un bar, c'était trop de souvenirs douloureux parce que c'est là qu'elle l'avait rencontré, Matteo. Surtout, elle insistait pour que je la présente aux responsables d'une des associations de victimes qu'elle avait finalement choisie, parce qu'il y avait le mot vie dedans, c'était important pour elle, elle y cherchait une forme de renaissance. J'ai reculé un peu ce moment car je savais qu'alors elle s'éloignerait, elle aurait moins besoin de moi, mais elle y tenait, si bien que lorsqu'il y a eu la première grande réunion avec les autorités publiques pour échanger avec les victimes, c'est moi qui ai insisté pour que son nom soit mis sur la liste. »

VIII

Adèle est arrivée très en avance à cette première réunion avec les proches des victimes, et elle s'est assise au premier rang. Quand ça a commencé, elle a posé plein de questions, assez vindicatives, elle relançait chaque fois : « Comment est-ce possible que vous n'ayez pas intercepté de communications ? Comment les terroristes ont-ils pu entrer dans le Bataclan ? Pourquoi les policiers ne sont-ils pas entrés immédiatement après les premiers coups de feu ? » Et sur ce qui allait se passer ensuite : « Comment se ferait l'indemnisation, et les soins dont les victimes avaient besoin, ça durerait combien de temps ? et pour les victimes étrangères ? » Elle levait toujours la main avant de parler, comme une bonne élève, et elle parlait fort, pour que tout le monde l'entende. Les personnes qui étaient là prenaient leur temps pour répondre, les médecins, les juges, les policiers, les ministres aussi. Elle a conclu en disant qu'ils seraient très « attentifs » à ce que tous les engagements qui venaient d'être pris devant eux soient tenus, qu'elle y veillerait « personnellement », en mémoire de Matteo, et pour ses parents qui ne pouvaient pas être là parce qu'ils vivaient à l'étranger.

Après la partie officielle des échanges, Adèle est spontanément allée parler à plein de monde, rien à voir avec l'École militaire, elle cherchait la rencontre et le dialogue, la phase d'observation était terminée, rideau levé, à elle de jouer, c'était son moment, son entrée en scène, avec le trac inévitable, peur de ne pas trouver les mots ou de prononcer les mauvais, mais ce fut étonnamment facile, elle avait bien révisé, elle s'était entraînée. Et les gens venaient spontanément à elle, son apparence physique banale et attentive était dans ces circonstances exactement ce dont ils avaient besoin, ils voyaient en elle la personne qu'ils avaient envie de voir, et elle écoutait, économisant ses mots à l'essentiel, une brève présentation et quelques questions pour inviter l'autre à dire ce qu'il souhaitait, jamais elle n'imposait de sujet, encore moins d'avis ou de jugement. Elle se transformait imperceptiblement mais radicalement, en passant de l'un à l'autre. Comme quand elle était enfant, avec son père ou devant son miroir, elle changeait la position de ses mains, la disposition de sa frange, l'appui de son pied, elle baissait ou remontait ses lunettes pour être à la fois tout à fait elle-même et tout à fait une autre, mais toujours exactement celle à qui voulait parler la personne à qui elle s'adressait à ce moment précis. Elle notait les numéros de téléphone, avec soin, dans son grand cahier noir, couverture souple et brillante, pages blanches déjà noircies. Il était le plus souvent à peine besoin que son interlocuteur lui donne son nom pour qu'elle entre dans son histoire dont elle connaissait tous les détails déjà publics. Ils avaient l'air soulagés de ne pas avoir à répéter encore, qu'elle les comprenne immédiatement, les assurant qu'ensemble ils arriveraient à se battre. Elle proposait aussi de passer les voir chez eux, ou d'aller rendre visite à leurs proches blessés, à l'hôpital.

Progressivement, Adèle devenait l'intime de chaque victime, elle semblait se nourrir, grossir et grandir de toutes les histoires individuelles. Elle n'était plus seulement une jeune femme ayant perdu son ami, mais un être fantastique, mi-madone, mi-Cronos, incarnation rêvée de chacun, et dévoreuse d'histoires, prête à s'offrir en sacrifice à un monde en recherche d'icône, mais à la condition qu'on lui donne toutes les clés, qu'aucun secret ne se refuse à elle.

Francesca

« Je n'arrêtais pas de penser à cette seconde valise avec laquelle elle était partie de Rome, c'était devenu une obsession, ce qui de mon fils m'avait été volé par cette presque inconnue, je voulais qu'elle me la renvoie, intacte, je n'oserais peut-être pas l'ouvrir mais au moins elle serait chez nous, comment avais-je pu accepter qu'elle s'en aille avec des affaires de Matteo ? Je m'étais si bien laissé faire que je n'avais pas su le protéger, que je n'avais pas su nous protéger de ce qui m'apparaîtrait plus tard comme une mise à l'écart méthodique, un pillage organisé. Cette dernière vision d'elle montant dans le taxi avec sa vieille valise en cuir marron de Matteo, que je lui avais offerte pour son premier grand voyage, à 17 ans, cette valise qui semblait si lourde à son bras, lourde d'objets, d'œuvres, de livres appartenant à mon fils, cette valise dont j'ignorais le contenu, c'était devenu un point de fixation qui s'imposait chaque nuit dès que j'essayais de fermer les yeux et de trouver le sommeil. Pourtant, et peut-être pour cette raison-là, je n'ai jamais réussi à lui en parler dans les échanges que nous avons eus par la suite. Et c'est resté. Image obsédante d'un deuil impossible, d'un deuil qu'on voulait me voler.

Peu de temps après son départ, Adèle nous a envoyé un message pour nous prévenir de l'hommage organisé aux Invalides. J'ai hésité à m'y rendre, je n'avais pas la force, elle n'a pas insisté, elle me disait que ce serait triste et impersonnel, que Matteo serait noyé dans une masse indistincte, qu'on ne parlerait pas de chacun mais d'un collectif lié par le seul hasard de leur mort, les victimes. Mot fourre-tout. Les morts, les blessés, leurs familles, les proches, les gens qui avaient vu quelque chose, et ceux qui avaient aidé ceux qui avaient vu. Les victimes comme support expiatoire d'une société qui ne sait pas faire face. Et qui, au lieu d'aider ceux qui souffrent, s'appuie sur eux pour retrouver la force de vivre. Qui se contemple aidant, accompagnant, sauvant. Pour combien de temps ?

Elle m'avait prévenue très tard, trois jours à peine avant l'hommage mais cela m'avait presque soulagée, je n'avais pas envie de faire dans l'autre sens le trajet pour Paris, de revivre à chaque étape ces montagnes russes de l'espoir et de l'angoisse quand j'étais venue le matin du 14 novembre : taxi, espoir ; hall des départs de l'aéroport, certitude de la pire des nouvelles ; installation dans l'avion, espoir que seulement une blessure, grave peut-être mais on le soignerait ; décollage, désespoir ; atterrissage, le revoir ; taxi à nouveau, peur de tout dans cette ville dont toute vie semblait avoir disparu, comme un corps blanc du sang qui le quitte. Je lui ai demandé de nous représenter. Elle a semblé satisfaite.

Nous avons continué à échanger, surtout par sms. Elle me disait ce qu'elle faisait avec les familles d'autres victimes pour qu'on puisse avoir les réponses auxquelles on avait droit, et pour qu'on ne les oublie jamais. Elle passait tous les matins devant le Bataclan transformé en entrepôt-mémoire à ciel ouvert, et récupérait ce qui avait trait directement à Matteo après l'avoir pris en photo pour nous l'envoyer – je peux vous montrer, j'ai gardé ses messages. Elle avait même trouvé, un matin, un de ses dessins posé par une main anonyme. Et des fleurs, des tulipes, celles qu'il préférait pour la pureté de leur ligne et leur durée fragile, tombant soudain en une courbe maladroite aux bouts de quelques jours, des tulipes jaunes, déposées par des élèves de l'école des Beaux-Arts, il y avait un petit mot avec.

J'aurais préféré, je crois, que ces traces restent sur les trottoirs publics, qu'elles imprègnent la ville du poids de leur tragique, qu'elles saturent ces espaces de la pensée de mon Matteo. Mais Adèle disait que bientôt les services de nettoyage allaient passer, que déjà des gens du quartier se plaignaient qu'ils ne pouvaient plus sortir de chez eux, que ce n'était plus un quartier mais un mémorial à ciel ouvert, un lieu de mort, que pour triompher du terrorisme il fallait que la vie reprenne ses droits, sinon ils auraient gagné, les terroristes – moi je m'en foutais de qui gagne, moi qui venais de tout perdre, dans un jeu sans adversaire, KO sans avoir rien demandé, avant même d'avoir compris qu'il y avait match. Adèle disait qu'ils finiraient par obtenir gain de cause et que tout cela serait détruit pour que la vie puisse reprendre. Elle disait que sa collecte n'avait d'autre fin que celle de préserver la mémoire de Matteo dans la durée. Que la question n'était pas celle de l'espace, mais celle du temps. Je n'ai pas protesté et je l'ai laissée continuer à devenir, imperceptiblement, la dépositaire de la mémoire de mon fils. »

IX

Adèle s'était peu à peu persuadée, intimement et presque sincèrement, que personne d'autre ne prenait soin de Matteo aussi bien qu'elle, que personne ne s'en souciait avec autant de tendresse et de constance. Francesca, qu'elle avait tant aimée les premiers jours, s'éloignait. Elle demandait des nouvelles de loin en loin. Comme une étrangère. Elle n'était même pas venue à l'hommage aux Invalides. C'est vrai, Adèle n'avait pas insisté, mais les parents de Matteo auraient dû venir sans qu'on le leur demande. Ce n'était pas sa faute à elle s'ils laissaient une inconnue représenter et défendre la mémoire de leur fils.

Adèle expliqua à Saïd qu'elle trouvait cette attitude incompréhensible. Elle savait ce que c'était, elle avait déjà été confrontée au drame, à la maladie et à la mort, celle de son père, son père unique, et elle ne s'était pas défilée. Au contraire, elle n'avait prévenu personne, elle avait tout organisé pour qu'on ne puisse pas lui voler ce moment, expérience absolue de l'exclusivité du deuil, sans partage possible, enterrement à deux, elle et un cercueil, sa main accrochée à la poignée, sa main qui ne le quitta pas de la chambre funéraire à l'entrée dans l'incinérateur. Par la mise à l'écart de tous ceux qui avaient, pour un instant, un instant seulement, été proches de lui, elle s'était vengée de son enfance solitaire, de tous ces moments où son père, après des journées à sillonner les routes pour vendre tout et n'importe quoi, repartait immédiatement le soir, joyeux, retrouver ses nouveaux collègues ou des femmes de passage, l'abandonnant jour et nuit, lui préférant des inconnus, elle qui jouait pour lui sa sœur morte et sa mère disparue, et qui ne vivait que par lui. Pendant sa maladie déjà, elle avait drastiquement réduit les visites. Elle avait tout fait seule, elle n'avait demandé aucune aide, et elle était restée avec lui jusqu'au bout, dormant les derniers jours dans le lit de camp que l'hôpital avait bien voulu installer dans sa chambre, proclamation silencieuse de son amour pour le seul homme qui l'avait comprise, mais de manière si intermittente, et qui l'avait abandonnée pour toujours. Depuis, elle cherchait à retrouver cette relation exclusive, mythe d'une période aussi brève qu'intense où elle avait été tout pour un autre.

Avec l'attentat et la mort de Matteo, elle se découvrait une nouvelle raison d'être. Elle revivait dans ce drame, racontant encore et encore l'histoire dans laquelle elle s'était installée, pour que les mots lui donnent le poids de réalité qui lui manquait. Elle revivait dans le regard d'inconnus concentrés sur sa douleur à elle, soucieux d'écouter avec attention et bienveillance une victime des attentats du 13 novembre et de lui exprimer toute leur compassion. Elle revivait dans les portraits des journalistes qui voulaient des figures, des phrases, un récit. Elle, ex-serveuse de bar au chômage, ayant entendu le bruit du drame dans la nuit alors qu'elle savait son amoureux au Bataclan, dévastée et prête à le montrer, revendicative et triste, elle était la victime parfaite, créature vivante offerte aux dieux, projection expiatoire des angoisses de tous et de chacun, celle qu'ils attendaient dans ces premières semaines après les attentats où l'image qui devait s'imposer était celle de la solidarité avec les victimes. C'était le rôle de sa vie, et tout le monde lui était reconnaissant de le tenir si bien.

Elle avait même commencé à raconter un peu son enfance, pour donner davantage de consistance à son récit, pour faire le lien entre les drames du passé et ceux du présent. À chaque portrait, elle en rajoutait dans le drame et la solitude, comme si le malheur vécu ne suffisait pas, qu'il fallait que ce soit toujours plus noir, toujours plus ambigu, au risque de lasser ou de moins intéresser. Sa vraie douleur passée et sa fausse douleur réelle s'entremêlaient, elle s'y perdait, tout cela lui semblait également faux, ou également vrai, était-ce si différent d'ailleurs ?

Passé l'hommage aux Invalides, c'est une nouvelle période qui s'ouvrit.

Adèle apprit qu'il y aurait un hommage pour Matteo dans l'école des Beaux-Arts, le soir du 13 décembre, exactement un mois après sa mort. Il lui restait quinze jours. Elle ne savait pas qui aller voir, quoi dire, elle avait peur à nouveau, peur de la phrase qui la dévoilerait immédiatement, peur d'une autre femme, peur qu'on ne lui arrache l'être dans lequel elle commençait tout juste à se trouver une identité. Alors qu'elle tergiversait, qu'on était bientôt le 1er décembre et que chaque jour qui passait rendrait son arrivée plus difficile, Adèle vécut comme un immense soulagement et une ultime validation le fait d'être appelée par un garçon qui étudiait avec Matteo, et voulait la rencontrer, pour qu'elle ne reste pas seule avec sa tristesse, et qu'elle accepte de dire quelques mots lors de l'hommage qu'ils préparaient.

Thomas

« C'est un des journalistes auxquels Adèle avait raconté son histoire qui m'avait donné son numéro. Je ne savais pas bien comment elle le prendrait mais on trouvait ça curieux de ne pas l'inviter à cet hommage, elle qui était devenue le visage et la voix de Matteo dans tous les médias. Et on avait imaginé qu'elle pourrait faire le lien avec la famille dont nous n'avions pas les coordonnées.

Matteo était très secret, il avait toujours tout cloisonné, même les premiers jours à l'école personne n'avait jamais vu ni amis, ni parents, il en parlait peu, il ne parlait que d'art et de politique, en riant souvent, mais les sujets qui l'intéressaient étaient toujours graves. Il suffit de regarder ses tableaux pour le comprendre, il y a toujours une part d'ombre, parfois imperceptible mais qui est en réalité le centre de l'œuvre, une part d'ombre qui finit par attirer l'œil quand on prend le temps de s'y plonger.

Adèle, je l'avais déjà croisée dans ce petit bar, elle ne s'en souvenait pas, mais je l'avais reconnue en la voyant à la télévision parler de Matteo, j'avais mis un peu de temps car elle était très différente de la serveuse discrète qui nous apportait nos bières, le regard à la fois curieux et fuyant, elle était à la fois la même et une autre, les cheveux peut-être, la tenue ou la tristesse, je ne sais pas, mais enfin je l'avais reconnue.

J'ai dû insister assez longtemps pour qu'elle accepte de me rencontrer, mais c'était de l'insistance pour la forme, elle avait envie d'accepter, d'ailleurs dès qu'elle a dit oui c'est allé très vite. On s'est retrouvés le soir même. Elle avait voulu venir à l'école donc je lui ai montré la chapelle des Beaux-Arts qui crée en général un effet de stupéfaction, un choc de beauté, mais elle, elle a juste dit que c'était trop entassé toutes ces sculptures et ces tableaux, on ne distinguait plus rien, tout était mis sur le même plan, et en plus on ne savait pas qui avait fait quoi ni quand, bref, la chapelle, ça ne lui a fait ni chaud ni froid, je n'avais jamais vu ça.

En revanche elle m'a beaucoup interrogé sur le travail de Matteo aux Beaux-Arts, les cours qu'il suivait, les matières qu'il travaillait, ce qu'il aimait dessiner. J'ai essayé de lui décrire sa passion pour les arbres. Je lui ai montré ses dernières sculptures, des arbres taillés dans la pierre. Elle eut l'air surprise : "Le bois n'aurait-il pas été plus évident pour des arbres ?" Il a fallu que je lui explique que c'était justement ce qui intéressait Matteo, de faire voir que, privés d'air dans un monde qui suffoque, les arbres devenaient pierre. Je lui ai montré ses dessins de forêts clairsemées, frottées au fusain, d'épars arbres noirs calcinés. Je lui ai montré ses arbres qui saignent, sur toile, à la peinture à l'huile. Matteo essayait tout, curieux de chaque support, incapable de s'en tenir à une matière, mais tournant autour d'une seule obsession : la mort des arbres, symbole ultime d'une nature maltraitée, première étape de la défaite des hommes à habiter la Terre.

C'est vrai que ce n'était pas toujours facile de faire coller l'homme – le jeune homme –, à son œuvre – sa jeune œuvre. L'homme riait et l'œuvre pleurait. Quand il dessinait à la va-vite des scènes de la vie quotidienne, c'était très joyeux. Mais, dès qu'il pensait en peignant, la conscience que son art – l'art en général de son point de vue – n'avait de sens que pour alerter emportait tout. Il avait des projets de voyage au milieu de forêts en destruction, d'installations avec des scientifiques pour mesurer l'air, sans bouger, pendant des semaines et des mois, thermomètre vivant de l'oxygène qui s'en va.

Ce n'était pas facile à expliquer, mais elle, elle n'y comprenait vraiment rien. Je ne pouvais pas m'empêcher de me demander de quoi ils avaient bien pu parler quand ils étaient ensemble. »

X

Saïd se décida finalement à présenter Adèle aux responsables d'une association de victimes. Elle fut très bien accueillie, ils l'avaient repérée, elle était très à l'aise dans les médias, elle s'exprimait avec beaucoup de clarté dans les réunions publiques, chacun pouvait se retrouver dans ses mots. Adèle s'est vite intégrée car elle se dépensait sans compter, disponible pour tout le monde, nullement gênée par les tâches plus rébarbatives, qu'il s'agisse de faire des fichiers Excel, des mailings, aider les uns ou les autres pour des courriers ou des démarches administratives. Et comme elle était au chômage, elle avait du temps, un temps qu'elle consacrait tout entier à la cause des victimes, au moins de celles qui venaient chercher dans le collectif la force pour avancer – ce n'était pas le cas de toutes, certaines craignant de s'enfermer dans ce statut qui, à trop cadrer leur douleur, la dépersonnalisait, d'autres ayant juste envie d'être tranquilles, d'autres enfin regardant de loin, reconnaissantes que ça existe, mais de loin, pas pour elles, ou en tout cas pas tout de suite.

Très vite, sa présence s'est imposée dans les échanges avec les responsables publics, sur l'immatériel – les meilleures manières de rendre hommage et de ne pas oublier –, sur le très pratique – ce qu'il faudrait faire des dépôts spontanés de messages, de dessins, d'objets parfois, sur les lieux des attentats –, et sur le matériel qui allait concentrer une grande partie des débats – quelle indemnisation, pour qui, et quand. Lors des réunions au ministère de la Justice avec les représentants des associations, Adèle sentait l'insoutenable tension entre la volonté de bien faire et l'impossibilité de mettre un montant sur une douleur, de la quantifier : pour un mort ; pour un blessé ; pour les parents ; pour les enfants ; pour les conjoints... Des sommes forfaitaires qui faisaient fi des histoires individuelles. Flottait dans l'air de ces échanges la lourdeur de l'incommunicabilité entre des fonctionnaires sincèrement soucieux de pousser les murs des contraintes budgétaires mais tenus à une forme d'équité qui n'avait pas grand sens, et des victimes qui n'avaient de cesse de rappeler que tous ces montants, toutes ces cases, ça ne correspondait à rien. Adèle s'emportait parfois, même si elle comprenait ces visages jeunes et embarrassés, dans leurs tailleurs et leurs costumes, victimes eux aussi d'une certaine manière de toute cette douleur à laquelle ils n'avaient pas de réponse. Mais elle s'emportait parce que c'est ce qu'on attendait d'elle.

Elle allait aussi à tous les hommages qui continuaient à s'organiser, rythmant les semaines, personne ne voulait être en reste, sauf les victimes qui avaient parfois le sentiment de faire de la figuration, petites pièces indifférenciées dans le grand puzzle d'une résilience collective qui risquait de prendre le pas sur le souci des individus. Adèle, ça ne la gênait pas, au contraire, elle découvrait ce qu'était un collectif, elle apprenait à ne plus être seule, et c'est par le groupe qu'elle parvenait progressivement à émerger comme personne. Elle éprouvait dans cette communion autour d'une douleur partagée et dans l'incarnation qu'elle lui donnait une forme de jouissance nouvelle et inattendue.

Elle fut marquée par l'un de ces hommages, particulièrement chaotique, tombant comme un cheveu sur la soupe au milieu du mois de janvier, alors que la vie reprenait, que les rues autour de la place de la République avaient été vidées de toutes les traces mémorielles, et que de nombreuses victimes n'avaient d'autre envie que de fuir pour vivre enfin leur deuil personnel et se reconstruire. Quelqu'un avait eu l'idée d'organiser un hommage à toutes les victimes de 2015, de *Charlie Hebdo* et l'Hyper Cacher au Bataclan, avec un concert de Johnny Hallyday, parce qu'il n'y avait pas plus populaire et qu'il y avait une chanson sur les morts et la marche de janvier dans son dernier album qui était sorti justement le 13 novembre, un signe du destin, encore, il avait bien fallu en tenir compte.

La place était presque vide, tout juste une scène qui semblait minuscule à côté de la statue et quelques chaises réservées pour les autorités qui devaient venir, presque aussi nombreuses que les victimes et leurs familles. Adèle fut l'une des premières arrivées, comme toujours. Cette histoire de chaises pour les personnalités alors que les victimes devaient attendre debout ça ne lui semblait pas très normal, à se demander pour qui était prévu l'hommage. Dès que quelqu'un l'avait fait remarquer ça avait créé un vent de panique, personne n'y avait pensé mais oui c'était évident il fallait trouver une solution. Elle s'était retrouvée avec un mélange d'élus et de bénévoles à faire la chaîne depuis la caserne toute proche pour apporter le plus de chaises possible avant l'arrivée de Johnny. Ensuite l'attente avait été un peu longue encore. Le président de la République avait dévoilé une plaque au pied d'un arbre, un chêne – ça aurait plu à Matteo, pensait Adèle qui était restée debout parce que malgré tous leurs efforts il n'y avait vraiment pas assez de places assises.

Pendant l'hommage, Adèle regardait fixement la statue de bronze, fascinée par cette dame immense, charnue, regard droit, vêtue d'une toge, coiffée à la fois d'un bonnet phrygien et d'une couronne végétale, une main haut levée portant un rameau d'olivier, l'autre main baissée tenant avec précaution les droits de l'homme. Elle n'y avait jamais prêté attention, pourtant elle passait devant presque chaque jour, il faut dire qu'il faut lever le nez pour voir autre chose que le socle en pierre avec le lion en fer, et quand on marche pressé dans Paris, le nez on ne le lève pas souvent, c'est comme ça qu'on découvre, après des années de déambulation dans le même quartier, une terrasse perchée, une sculpture cachée dans une alcôve, un balcon ouvragé. Mais là, à cet instant précis, elle ne pouvait pas détacher son regard, il y avait dans cette statue quelque chose qui l'intriguait, qui l'appelait, dans lequel elle se reconnaissait. Ce n'est qu'en s'endormant le soir qu'elle comprit, soudaine illumination nocturne, cette dame qu'on appelait République, elle avait un prénom, elle s'appelait Marianne, comme elle, c'est cela qu'elle avait perçu, Marianne, la République au chevet des victimes, c'était elle, son vrai prénom malgré tout, il était temps qu'elle retrouve son identité, qu'elle l'assume, de la fiction qu'elle s'était créée pourrait ainsi surgir une vérité inattendue, la sienne, soigneusement dissimulée par le rôle qu'on lui avait confié, au point de l'étouffer, de la faire disparaître, de la rendre invisible.

Présente partout et pour tous, Adèle découvrit qu'elle avait une limite. Il lui fut impossible de remettre le pied dans un hôpital. Elle avait d'abord pensé qu'elle y arriverait mais elle avait finalement dû renoncer, c'était au-dessus de ses forces. À cause de l'odeur. Elle n'avait jamais supporté l'odeur des hôpitaux. Quand elle était auprès de son père, tout l'environnement lui était totalement indifférent, elle ne voyait que lui, allongé immobile dans un de ces petits rectangles neutres que sont les chambres d'hôpital, peinture écaillée, lit mécanique, tablette mobile, fenêtres aux vitres sales d'une poussière si vieille qu'on se demandait si elles n'étaient pas là avant la construction de l'hôpital. Même le bruit, permanent, chambre toujours à moitié ouverte, où l'on entrait comme dans un moulin, faisant à peine l'effort de taper deux ou trois coups à la porte, ce bruit qui ne cessait pas la nuit, les bips des machines, les pas dans le couloir qu'on arrivait à reconnaître au fil des jours, les discussions de la vie qui continuaient dehors et s'échangeaient entre deux soins, au-dessus des brancards, ce bruit qui tuait la possibilité de l'intimité, elle s'y était habituée, il rythmait les heures du jour, il faisait rentrer l'extérieur, il était humain, vivant. Mais l'odeur, qui envahissait tout, aigre, chargée, à la fois excessivement charnelle et excessivement chimique, mélangée deux fois par jour aux effluves de nourriture, cette odeur qui imprégnait les vêtements, la peau, qui restait encore des heures après qu'elle avait retrouvé l'air du dehors, elle avait beau se laver, elle n'arrivait jamais à s'en débarrasser complètement. Donc retourner dans un hôpital pour la première fois depuis près de cinq ans, retrouver cette odeur qui était celle des derniers souffles de son père, vraiment elle ne pouvait pas. Depuis ce jour, pour elle, l'hôpital n'était plus un lieu de vie mais un endroit dont on ne ressortait pas complètement soi-même, un endroit où quelque chose finissait toujours par mourir.

Saïd

« Adèle s'est vite imposée comme une figure emblématique des victimes des attentats. Elle m'appelait de moins en moins. Pendant ce temps-là, je continuais à suivre les dispositifs d'accompagnement qui commençaient à s'essouffler et qui bientôt allaient être fermés. On en était à plus de cinq mille victimes concernées de près ou de loin, cent trente morts et plus de trois cent cinquante blessés. Des milliers de victimes pour lesquelles le pays s'était arrêté, en état de choc. Des mois plus tard, beaucoup seraient encore hospitalisées ou tenteraient péniblement de cicatriser les blessures de leur âme, failles béantes que rien ne pourrait jamais combler vraiment, blessures qui ne se voient pas et dont on doit se justifier alors que le corps est intact et que tout le monde attend de pouvoir passer à autre chose, terrible culpabilité du survivant qui a laissé un peu de sa vie avec les morts qui sont tombés à ses pieds et qui, chaque jour, se demandera pourquoi il vit encore, et s'il en a le droit, douleur inexprimable de celui qui a connu la mort en gardant la vie.

Le monde avait changé dans le regard des survivants, ils ne se sentaient plus les mêmes, pour toujours plus les mêmes, mais on leur demanderait bientôt de le redevenir pour que la vie puisse retrouver son cours normal, son cours d'avant, il leur faudrait se cacher, contrôler les crises de panique quand apparaissaient certains bruits, certaines odeurs, maîtriser les montées de colère comme la tentation du repli sur soi. Enfouir tout cela en priant pour que ça ne revienne pas autrement, plus tard, sans prévenir.

Dans le reste du pays, chacun reprenait sa vie – même ceux qui pendant des semaines n'avaient plus osé sortir de chez eux ou aller dans un lieu public. De nouvelles actualités occultaient la tragédie. Les victimes de cet attentat allaient rejoindre le grand collectif des victimes de la barbarie frappant sur notre sol. Les traumatismes surgiraient avec d'autant plus de violence que le temps du deuil partagé était passé, que les peurs avaient silencieusement grandi en chacune d'elles, toutes auraient besoin de soins longs mais elles seraient prises en charge de manière très inégale. Elles auraient besoin d'aide mais elles n'auraient plus besoin de moi, je devais passer le relais à d'autres, retourner à la vie normale, avant un prochain drame. Même avec Adèle, surtout avec Adèle, il fallait que je m'éloigne. J'ai essayé de la convaincre d'aller voir un psychiatre spécialisé dans les chocs post-traumatiques, mais elle a refusé avec violence, se fermant complètement à ma suggestion. J'ai soudain revu la jeune femme pliée en boule à l'École militaire. Puis elle s'est reprise, m'a souri et dit : "Ne t'inquiète pas, je vais m'en sortir." Elle l'a dit en souriant mais je n'avais pas pu m'empêcher d'entendre : "Je ne vais jamais m'en sortir, mais je suis bien ainsi." »

Francesca

« Les jours passaient et les gens aussi, dans notre appartement qui n'était jamais vide. La famille, nos amis, mes étudiants même, s'étaient donné le mot de ne laisser aucun espace à la peine et au deuil. Ils s'inquiétaient du mutisme de mon mari et de mes absences. Chaque jour, on nous apportait des plats et des bavardages. Tous avaient trouvé anormal que nous ne soyons pas allés aux hommages organisés pour Matteo à Paris, aux Invalides, place de la République, et aux Beaux-Arts. Ils s'étonnaient que je m'en sois remise à cette jeune femme dont personne n'avait entendu parler avant. Ils ne comprenaient pas que je ne pouvais plus rien faire, moi non plus je ne l'aimais pas beaucoup, mais j'étais privée de force et de volonté, je ne voulais que fuir ou dormir, les deux se confondant le plus souvent.

Comme je vous l'ai dit, dans un premier temps Adèle a continué à m'envoyer régulièrement un petit mot pour me tenir au courant des derniers développements, des photos, de courts appels. Elle m'avait notamment dit qu'elle s'était occupée du studio parisien de Matteo, je lui avais laissé les clés, elle avait tout rangé et elle avait contacté le propriétaire pour résilier le bail, elle avait aussi géré la paperasserie administrative et répondu à toute une série d'importuns à qui je ne voulais pas parler.

C'est après Noël, je dirais vers la fin du mois de janvier, que les nouvelles d'elles ont commencé à se faire plus rares, de plus en plus impersonnelles. Elle ne me parlait plus que de l'indemnisation à laquelle nous aurions droit, comme si cela devait être le terme de quelque chose, comme si après elle serait débarrassée de nous. C'était très troublant cette insistance qu'elle avait à nous préciser que la fixation de l'indemnisation pourrait "fermer la période de deuil" – ce sont ses mots à elle –, qu'elle serait une forme de reconnaissance de notre douleur éternelle, que le montant ne serait pas à la hauteur, mais qu'elle se battait pour qu'il soit le plus élevé possible. J'ai essayé de lui expliquer qu'on s'en foutait de cet argent, qu'on voulait juste revenir avant, faire disparaître ces derniers mois, mais elle ne pouvait absolument pas comprendre, elle avait même fini par m'insulter, lâchant d'une voix aiguë, agressive, mais en fait vous vous en foutez de tout, des hommages, de ses affaires, de l'indemnisation, vous préférez l'oublier. C'était si grossier, si bête, que je n'ai pas relevé. Il faut que vous compreniez, j'étais déjà à terre, alors un coup de plus, ça ne m'atteignait plus vraiment.

À mesure que l'hiver avançait, qu'il s'apprêtait à laisser place au printemps et que les visites se raréfiaient, le poids de l'absence se fit insupportable. Loin de s'altérer, la souffrance m'avait envahie tout entière. Travailler était impossible. Je ne voulais que voir mon fils, le serrer dans mes bras, sentir son odeur. Rien de ce qui s'était passé l'automne dernier ne me paraissait plus réel. Le 14 novembre au matin, j'avais compris avant qu'on ne me parle, mais avec les mois qui passaient tout cela me semblait un cauchemar dont je me réveillerais bien un jour.

J'ai mis du temps à trouver la force de retourner à Paris pour y chercher mon fils, tout était trop lourd, trop compliqué, ne serait-ce que réserver un taxi ou aller faire des courses était insurmontable, mais je savais qu'il y avait là-bas une chose qui m'avait échappé, il fallait que je revienne ici, je le savais.

Maintenant, si ça ne vous dérange pas, j'aimerais faire une pause, sortir prendre l'air avant de continuer, pardon mais j'étouffe là, sous terre, sans lumière, avec ces mots que je dois vous livrer mais qui me blessent en sortant de ma bouche, qui me font si mal en me forçant à me replonger dans tout cela. »

XI

Fin janvier, Adèle se rendit compte qu'elle n'avait toujours rien fait pour le studio de Matteo. Elle avait assuré à Francesca qu'elle s'était occupée de tout, mais elle n'avait cessé de retarder car son travail dans l'association lui demandait de plus en plus de temps. Ça devenait urgent, quelqu'un allait finir par demander le loyer. Quand elle a contacté le propriétaire, il lui a dit qu'il savait très bien qui elle était, qu'il l'avait vue à la télévision, qu'il avait lu les interviews qu'elle avait données dans la presse, qu'il avait été très touché, que bien sûr s'il pouvait faire quelque chose il en serait heureux, parce qu'il fallait des gens comme elle, avec sa force, pour porter à la fois son deuil et la cause de toutes les victimes. Il n'arrêtait pas de parler, il avait l'air d'avoir vraiment envie de l'aider, d'en avoir besoin presque, ce serait sa manière de participer à l'élan général de solidarité, d'être dans l'événement plutôt que simple spectateur.

C'est en l'écoutant qu'elle y avait pensé, elle jura plus tard qu'elle n'avait pas eu cette idée avant de l'appeler, mais il était si bienveillant que sans y réfléchir elle lui dit que oui, il y avait bien quelque chose qu'il pourrait faire, que c'était compliqué mais bon, si jamais… Il avait insisté, *tout ce que vous voulez, nous trouverons une solution*. Alors elle lui a expliqué qu'elle aimerait reprendre le bail de Matteo et s'installer chez lui, là où ils avaient vécu leurs derniers moments heureux avant que les terroristes n'y mettent un terme. Elle aurait juste besoin de deux mois d'indulgence pour le loyer, le temps de rendre son petit deux-pièces, parce qu'elle était au chômage et que pour l'instant elle consacrait tout son temps à l'association de victimes, ils allaient sans doute la salarier mais en attendant elle joignait les deux bouts avec difficulté. Il avait accepté tout de suite.

Le déménagement avait été fastidieux parce qu'Adèle avait voulu le faire seule. Elle avait rangé les affaires de Matteo, gardé tout ce qui avait trait à ses dessins, quelques livres qu'il avait annotés, des stylos, deux tee-shirt et un pull, et elle avait mis le reste dans des grandes caisses en plastique transparent qu'elle avait achetées chez Castorama. Elle les renverrait en Italie dès qu'elle pourrait. Il n'y avait de toute façon pas tant de choses que ça, il n'était pas là depuis longtemps. Apporter ses affaires à elle avait été plus compliqué parce qu'elle en avait entassé pas mal avec les années et que son appartement était plus grand. Elle avait fait un peu de tri mais elle ne pouvait pas se séparer des affaires de son père qui prenaient tant de place, si bien que le studio de Matteo s'était vite transformé en une sorte de grotte, les murs recouverts de catalogues, de livres, le sol jonché de caisses, il fallait faire attention où mettre le pied pour ne pas tomber. Ce qui avait été dur surtout c'est qu'on ne voyait pas grand-chose par la fenêtre du studio, pas de cour, la rue était large, les fenêtres fermées étaient loin, on devinait à peine les silhouettes, rien à voir avec chez elle, où elle pouvait assister au spectacle quotidien de la vie des autres, étage par étage. Mais sa première impulsion passée, elle n'avait pas pu reculer.

Les nuits, elle s'abîmait les yeux à dialoguer avec des ombres. Les jours, elle travaillait dans l'association, si bien et avec tant d'empressement qu'elle fut, comme elle l'espérait, embauchée comme permanente avec l'argent que l'État leur avait donné pour leur permettre de fonctionner. Elle était à la fois une secrétaire administrative respectée pour son efficacité et une porte-parole admirée pour sa ténacité. Que ses années d'invisibilité lui semblaient lointaines. Elle était devenue quelqu'un, toute seule, en quelques semaines, avec une identité qui lui serait bientôt propre. Elle avait reçu par centaines, sur les réseaux sociaux, d'improbables témoignages d'amitié, la plupart venant d'inconnus mais aussi d'anciens camarades de lycée qui ne lui avaient jamais dit bonjour et qui soudain se souciaient d'elle, des messages de connaissances de son père qui l'avaient regardée s'ennuyer dans un coin sans jamais lui adresser la parole quand il l'emmenait dans ses soirées, et des appels de ses très provisoires collègues de travail de ces dernières années qui lui disaient qu'ils étaient là pour l'aider si besoin. Saïd était toujours présent, ils se voyaient ou s'appelaient tous les soirs, il se souciait de ce qu'elle refuse de se faire accompagner, il disait que se plonger dans l'hyperactivité n'empêcherait pas le traumatisme de remonter à la surface, d'une manière qui pourrait être d'autant plus violente qu'elle serait inattendue. Elle lui répondait que parler avec lui était la meilleure thérapie possible, que c'était son métier, qu'il saurait l'aider. Il protestait qu'ils étaient depuis longtemps sortis du cadre médical, mais il ne protestait pas trop fort quand même car bientôt elle n'aurait plus besoin de lui et il avait peur de la perdre. D'ailleurs, on ne savait plus, à les regarder de loin discuter tous les deux, qui soignait qui, Saïd avait l'air de plus en plus fragile depuis ces jours d'accompagnement au deuil, ils avaient comme inversé leurs rôles, lui tassé, retrouvant son petit corps d'enfant, elle imposante, assumant son grand corps d'adulte.

Adèle aimait son nouveau rythme, très régulier, rassurant. Le matin, elle répondait aux courriers qui lui étaient adressés – toujours à son ancienne adresse car elle ne savait pas comment expliquer son déménagement. Puis elle partait dans les bureaux de l'association où elle restait jusqu'à 16 heures. Après, elle marchait dans Paris ou prenait un verre avec Saïd. Les soirs où elle ne sortait pas, elle se plongeait dans la conception de son musée. Elle en avait parlé à Thomas qui, avec quelques camarades, avait dit qu'ils allaient l'aider. Ils avaient trouvé un nom, le « Musée de la nature morte », et ils l'avaient convaincue que l'œuvre de Matteo ne pourrait pas y rester seule, qu'il fallait élargir le champ, trouver des artistes qui partageaient son ambition d'utiliser l'art pour alerter sur un monde qui se meurt faute de soin et d'attention. Elle n'y comprenait rien mais ça l'amusait beaucoup, ils semblaient si sérieux avec leurs tubes de couleur, leurs crayons noirs et gras, leurs blocs de pierre et leurs petits outils, tranchants comme des armes mais qui avaient l'air si peu menaçants entre leurs mains rêveuses.

XII

Les semaines passaient, identiques ou presque, car insensiblement on changeait de temporalité, les attentats n'étaient plus au centre de l'actualité, il fallait plus de temps pour obtenir un rendez-vous ou démêler une difficulté, et les interlocuteurs n'étaient plus les mêmes.

En entrant dans le temps long, Adèle perdait ses repères. Elle aurait voulu qu'on la reconnaisse immédiatement comme victime, que cela se voie sans qu'il lui soit besoin de parler ou d'expliquer. La lumière des médias ne lui suffisait plus, d'autant qu'on s'intéressait de moins en moins à elle et à son histoire. Elle n'était plus contactée par des journalistes qui voulaient une interview radio pour le lendemain ou un papier pour la semaine suivante, mais par des chercheurs qui menaient une enquête sur des années. La mère de Matteo, qui ne l'avait jamais vraiment acceptée, ne l'appelait plus que pour lui demander une aide ponctuelle. Avec les jeunes des Beaux-Arts non plus ça n'accrochait pas, ils ne parlaient pas le même langage et, malgré toute l'énergie qu'elle y mettait, son idée de musée s'étiolait de jour en jour. Du côté des autorités publiques, alors que tout le monde avait d'abord été si bienveillant, on lui expliquait maintenant que la priorité était à la réflexion sur un musée mémorial pour toutes les victimes, ce qui était l'avis d'une partie des membres de l'association, pas de tous, un mémorial indifférencié en lieu et place d'un soutien concret qui se faisait souvent attendre, ça suscitait aussi de la gêne, parfois de la colère, c'était trop tôt, trop vague, ce n'était pas la priorité, les survivants avaient besoin d'aide pour se reconstruire, retrouver une vie professionnelle, être reconnus dans leurs besoins individuels, et les problèmes d'indemnisation n'étaient toujours pas réglés.

L'association bruissait de tous ces débats, on apercevait de premières fissures, inévitables quand on se lance dans une aventure collective, surtout quand cette aventure repose sur tant de douleurs individuelles, ils pouvaient s'appuyer les uns sur les autres, chaque jour ils s'entraidaient, ils puisaient leur force dans l'action et les échanges, mais il restait toujours une part de souffrance qui ne pouvait pas être partagée, pas même communiquée. Quelle que soit la nature des discussions, la solidarité finissait par prendre le dessus, ils ne pouvaient pas apparaître divisés face aux pouvoirs publics, leur combat était plus important que leurs désaccords. Jusqu'au jour où il y eut ce drame qui les marqua durablement. Le président de l'association avait eu des doutes sur l'histoire racontée par un homme d'une trentaine d'années, présent à toutes les réunions, agaçant souvent à monopoliser la parole, qui avait toujours soutenu avoir été blessé à la cheville devant une des terrasses. Les doutes s'étaient transformés en certitude après que le président avait discrètement recoupé les témoignages d'autres victimes, il avait dû saisir le parquet qui avait lancé une enquête et rapidement découvert, avec le bornage du téléphone portable, qu'il n'était pas du tout là où il prétendait être le soir du 13 novembre, puis sa blessure avait été examinée, et le médecin avait confirmé qu'elle était très ancienne. Après cela, l'ambiance s'était tendue, il régnait à la fois un climat de suspicion et une inquiétude que cette imposture ne fragilise toutes les victimes. Il y avait aussi de la colère, une fausse victime ne valait pas mieux qu'un terroriste, sacrifiant sa part d'humanité au besoin d'exister, prêt à tout écraser pour un quart d'heure de gloire, un tout petit quart d'heure de gloire, et quelle gloire que celle de tant souffrir, comment pouvait-on l'envier à qui que ce soit disaient-ils, et elle acquiesçait.

Adèle avait ensuite redoublé de prudence. Elle ne craignait pas vraiment d'être démasquée – après tout elle ne s'était inventé aucune blessure et elle était au-dessus du Bataclan ou presque ce soir-là, mais elle redoutait le jour où les victimes, les vraies comme les fausses, devraient passer à autre chose. Elle ne voulait pas passer à autre chose. Cette histoire était la sienne, il fallait qu'elle l'inscrive en elle pour toujours, qu'elle l'inscrive dans sa chair pour rendre visible, ses blessures invisibles. Après plusieurs jours à tergiverser, elle finit par franchir la porte d'un petit tatoueur du centre de Paris, pour que l'encre bleue qu'on glisserait sous sa peau la marque à jamais. Elle voulait, bien visible sur son avant-bras droit, un arbre avec une tête de Marianne, cheveux lâchés et bonnet phrygien – elle expliqua à tout le monde que c'était un symbole de vie et une reconnaissance envers la République, mais pour elle ça représentait surtout le couple qu'elle formait avec Matteo, lui devenu arbre, elle redevenue Marianne. Ce qu'elle avait aimé dans l'idée du tatouage c'est que celui-ci avait, comme elle, longtemps été cantonné à l'univers des exclus, des marginaux, avant de devenir un art reconnu et très pratiqué, un jeune Français sur cinq était tatoué aujourd'hui, lui avait-on expliqué quand elle avait commencé à s'y intéresser. Elle n'était pas la seule à avoir eu ce désir, elle avait pu en parler longuement avec d'autres victimes qui s'étaient aussi tatouées, parfois pour sublimer une blessure réelle, transformer la cicatrice infligée en dessin assumé, parfois pour sortir la blessure de leur tête, parfois pour n'oublier jamais. Après l'univers des artistes, elle découvrait un autre monde nouveau pour elle, branché et populaire, qui trouvait ses sources dans une histoire millénaire, un monde qui lui convenait bien mieux que celui des jeunes artistes qui prenaient très au sérieux des œuvres incompréhensibles.

Le tatouage lui-même avait été un peu plus douloureux qu'elle ne l'avait pensé, mais elle avait aimé cette douleur qui rendait son corps sensible, substitut concret à la douleur qu'elle s'était inventée. Dans les semaines qui ont suivi, même par temps frais, elle gardait la manche de sa chemise ou de son pull soigneusement relevée jusqu'au coude, pour que personne ne puisse la voir sans distinguer aussi sa marque, avec la date du 13 novembre 2015, en chiffres romains au pied de l'arbre.

Alors que la vie s'ancrait ainsi en elle, qu'elle s'apprêtait à achever sa métamorphose en reprenant son prénom et qu'elle venait de signer avec un éditeur pour publier un livre-témoignage, elle reçut fin juin un message de Francesca qui lui disait s'installer à Paris pour revivre dans cette ville les derniers mois de l'existence de son fils.

Francesca

« J'ai fini par venir à Paris au début de l'été, avant que l'automne ne soit envahi d'hommages nouveaux. Dès mon arrivée, j'ai laissé plusieurs messages à Adèle. J'avais pris une chambre dans un hôtel, pas question de me retrouver à nouveau chez elle, mais je voulais la voir et elle ne répondait pas. J'ai fini par me rendre dans son immeuble, monter les escaliers, sonner à la porte, pas de réponse, attendre sur les marches en bas, perdue à nouveau dans cette ville, ne sachant par où commencer ma quête puisque ce guide que je craignais autant que je le souhaitais s'était évaporé.

Un voisin, passé devant moi à deux reprises, la première fois avec des sacs de courses, la seconde fois, deux heures plus tard, habillé et parfumé pour sortir, m'a demandé s'il pouvait m'aider. Je lui ai parlé d'Adèle. Il voyait très bien de qui il s'agissait, comment ne pas la connaître, on l'avait vue beaucoup à la télévision, elle était devenue une personnalité publique mais elle n'habitait plus ici, elle avait déménagé toutes ses affaires quelques mois plus tôt, portant seule des cartons qui semblaient très lourds, il s'en souvenait car il avait voulu l'aider, et elle lui avait signifié, avec une sécheresse qui contrastait avec l'empathie qu'elle affichait partout, que toute aide ou insistance serait mal venue. Il était désolé, il n'en savait pas plus, mais il se rappelait le nom de l'association où elle travaillait, et qui ne devait pas être difficile à trouver.

Adèle était donc partie sans me prévenir, avec tous les souvenirs de Matteo, toutes les affaires qui étaient restées dans sa cave et que je n'avais jamais reçues à Rome comme nous en étions pourtant convenues – je lui avais même envoyé de l'argent pour le transport. Elle avait changé d'adresse sans rien dire. J'aurais pu comprendre qu'elle ne souhaite plus vivre au milieu du souvenir de cette nuit. Mais si vite, si seule, sans laisser de trace… Mon ventre s'était à nouveau contracté d'un mal inconnu qui était comme le signal d'une étrangeté qui ne me lâchait pas depuis que je l'avais rencontrée. J'avais beau imaginer mille scénarios qui expliqueraient parfaitement ce départ soudain, le doute était revenu ainsi, lancinant, insistant. J'ai regardé mon téléphone.

Le dernier message d'Adèle datait de la semaine précédente. Elle avait déménagé depuis longtemps, et elle ne m'en avait pas informée.

Je ne sais pas combien de temps je suis restée sur ces marches, sonnée, mais quand je me suis enfin levée il était près de 22 heures, j'avais faim, soif, plus de batterie sur mon téléphone et besoin d'aller dans un lieu qui serait le début de mes recherches, de ne pas renoncer après cette première manche qu'elle avait gagnée en partant avant mon arrivée, me laissant sans réponse après avoir tout envahi.

Je ne me souvenais que d'une chose, le nom du petit café où Matteo allait si souvent et où il avait rencontré Adèle, *Le Cri du peuple*, ça ne s'invente pas un nom de café pareil, c'est sans doute à cause de ça qu'il l'avait choisi comme repère. J'ai mis un peu de temps à le trouver car beaucoup de gens ne le connaissaient pas, mais on a fini par m'indiquer le bon chemin et je suis entrée.

Il y avait du monde au bar, des éclats de conversation qui se mêlaient aux éclats de rire, un va-et-vient permanent entre la toute petite terrasse où les gens s'asseyaient le temps de leur cigarette, et le comptoir en bois qui donnait à ce troquet parisien un air de pub, plus cosmopolite que la devanture ne le laissait entendre. J'ai trouvé une petite table dans le fond de la salle.

Quand j'ai dit que j'aimerais manger quelque chose, on a déposé devant moi une nappe blanche en papier au grain apparent, un grain que j'ai reconnu tout de suite, le grain de ces dessins de Matteo qu'Adèle avait soigneusement conservés, nappes pliées, maculées de gras et de taches de vin rouge, où il avait consigné avec son trait si particulier des scènes de la vie quotidienne, brutales, joyeuses et réalistes, comme Tardi dans ces bandes dessinées avec lesquelles mon fils avait appris la langue et l'histoire de France, et dont l'une d'elles avait probablement donné son nom à ce petit bar.

Je ne pouvais pas m'empêcher, en revoyant les dessins de Matteo, de penser aux dessinateurs de *Charlie*, assassinés il y avait tout juste un an et demi, par les mêmes ou presque, à ces crayons levés bras tendus poings fermés dans les rues de Paris, à ces images qui nous paraissent si loin et que nous avions pressenti pourtant comme une forme de tournant, sinon pourquoi cet élan, pourquoi cette solidarité, pourquoi nous étions nous sentis touchés à Rome, comme dans tant d'autres endroits du monde, par ces morts, dans un petit journal qui était un symbole de moins en moins lu, un lieu de résistance de plus en plus contesté par la vague montante des interdits de la pensée : interdit de rire, interdit de montrer sa différence, interdit de se moquer de cette différence, interdit de détourner les codes. Des interdits contradictoires et en tous sens qui exprimaient la même inquiétude face à une fragilité du corps social dans nos pays européens, le sentiment que la moindre étincelle pourrait faire éclater un feu que personne ne saurait arrêter. Cachez ce voile qui nous met face au défi trop grand de vivre avec l'autre, sans le désintégrer, en l'intégrant. Mais surtout ne caricaturez pas ce voile non plus. Tout mettre sous le tapis. Consciencieusement. L'humour fait trop de vagues. Pourtant, le résultat, quand on cesse de rire, on le connaît, c'est la mort. Et ceux qui finissent par parler parlent un langage de mort, fermer, exclure, se débarrasser de cette poussière qui a fait gonfler le tapis et nous a fait éternuer tous.

Matteo riait beaucoup mais au fond il était grave, il n'était plus de cette génération qui avait eu la chance de pouvoir tourner le monde en dérision pour le contraindre à voir ses failles. Il était déjà dans l'urgence d'un monde qui va mal. D'un crayon à l'autre, comme un passage de relais entre ces morts, celles qui nous avaient réveillés et celles dont on ne se remettrait jamais vraiment. Serons-nous assez forts ? Serai-je assez forte ? Chaque matin je me réveillais avec cette question : serai-je assez forte pour tenir jusqu'à la fin du jour, pour tenir une nouvelle journée dans un monde où mon fils n'est plus ?

J'ai pris un croque-monsieur avec une bière ambrée, et j'ai lancé mes yeux et mes oreilles autour de moi, essayant de retrouver des visages que j'aurais pu voir dans ses dessins, d'entendre des phrases qui pourraient signifier que tel ou tel avait été un ami de Matteo, de deviner qui dans cette salle aurait des réponses à toutes les questions que je me posais.

Je devais avoir l'air particulièrement perdue, ou vraiment trop peu à ma place, parce qu'à un moment celui qui semblait être le patron du bar contourna le comptoir et vint s'asseoir à ma table pour me demander s'il pouvait m'aider. »

Saïd

« Quand Adèle m'a appelé ce jour-là – je m'en souviens bien parce que cela faisait longtemps et que ce fut la dernière fois, sa voix était paniquée, blanche, j'ai mis du temps à la reconnaître, elle n'avait plus l'assurance à laquelle je m'étais habitué.

Elle voulait me voir tout de suite, elle ne pouvait pas m'expliquer au téléphone, mais il fallait que je comprenne que quelque chose de grave pouvait arriver, qu'elle risquait de s'effondrer et que seul je pourrais l'aider. Nous nous sommes retrouvés une heure plus tard dans un café triste et vide. Adèle avait dans le regard autant d'affolement que de détermination, ce qui donnait un résultat assez inquiétant. Je ne comprenais pas ce qu'elle me disait, elle parlait d'une femme, “elle”, qu'elle venait lui voler Matteo, qu'elle ne l'avait jamais comprise, jamais aimée, et que maintenant elle venait pour se venger de sa culpabilité de ne pas avoir été à la hauteur au moment de la mort de son fils.

Après l'avoir calmée, j'ai compris que la mère de Matteo l'avait appelée pour lui dire qu'elle arrivait à Paris, et que c'était cela, juste cela, l'arrivée à Paris de la mère de Matteo, qui lui faisait complètement perdre pied. Pourquoi, ce n'était pas clair. Elle voulait que je l'appelle, moi, et que je trouve les mots pour la renvoyer à Rome, elle était incapable de m'en dire plus, elle me touchait les mains, c'était la première fois qu'elle me touchait, cela me troublait, elle avait les yeux mouillés, et elle me demandait de la sauver de cette femme qui voulait sa perte. Je ne pouvais pas accepter bien sûr, alors j'ai tenté de l'apaiser, pendant des heures.

Ivre, elle a fini par s'assoupir sur la banquette. J'ai voulu la ramener chez elle. Elle ne tenait plus debout mais elle a refusé que je l'accompagne jusqu'à sa porte, refusé de me dire où elle allait, elle s'est renfermée sur elle-même, recroquevillée comme au premier jour. Je l'ai vue partir titubante dans la nuit, ombre maladroite disparaissant au coin d'une rue, s'accrochant à un pan de mur pour ne pas tomber. Elle ne s'est pas retournée, et je ne l'ai plus jamais revue. »

XIII

Adèle avait toujours su qu'il y aurait des accrocs, des imprévus, elle s'était un peu inquiétée au moment où il y avait eu la découverte de cette imposture dans l'association, avec les enquêteurs qui étaient venus et qui avaient interrogé tout le monde, elle avait même trouvé bizarre que tout ait été si facile pendant plusieurs mois, elle avait réfléchi à de nombreux scénarios si des doutes advenaient, et aux réponses à apporter. Mais elle n'avait pas pensé aux parents de Matteo, ils appartenaient au passé, ils étaient loin, tout bien cloisonné, et elle s'était assurée qu'ils n'auraient plus de raisons de revenir en France. Donc ce retour soudain de Francesca, ça la déstabilisait complètement. Si seulement elle lui avait dit tout de suite qu'elle avait voulu s'installer chez Matteo, il y aurait peut-être eu de la gêne, un vague embarras et quelques questions, mais maintenant elle ne savait plus comment l'expliquer, ça devenait un mensonge, par omission certes, mais un mensonge quand même à partir duquel les autres risquaient de dégouliner. D'autant qu'il y avait tous ces gens à Paris, journalistes, victimes, copains de Matteo, à qui elle avait raconté son histoire, brodant souvent avec ce qui lui traversait l'esprit, pas toujours avec une grande constance. Si Francesca se mettait en quête de parler aux uns et aux autres qu'elle avait soigneusement tenus à l'écart, elle pourrait déceler des incohérences, entrevoir des fissures dans lesquelles elle gratterait, elle en était certaine, elle voudrait gratter, la mère de Matteo, c'est ce qui l'inquiétait, si elle revenait il n'en sortirait rien de bon.

Adèle portait en elle ce sentiment d'une chute possible dans le vide, elle marchait sur un fil suspendu entre le rêve et la réalité, et le moindre souffle pouvait la faire tomber, d'un côté ou de l'autre. Elle avait peur, et cette peur-là, elle n'arrivait pas à la contenir. Pourtant, jusque-là, elle avait réussi à faire face dans les moments les plus difficiles, rien ne lui avait échappé alors qu'elle connaissait si peu Matteo, un visage, un désir, quelques dessins. Maintenant elle le connaissait, elle vivait chez lui, elle dormait dans ses draps, elle avait pénétré son intimité, ses cahiers, ses dessins, ses amis. Avec sa mort, leur histoire était tombée du côté de la réalité. Pourtant, depuis ce message de Francesca, plus les heures passaient, plus elle paniquait. Elle ne pouvait se défaire de l'idée que ce désir de venir à Paris n'était pas normal, qu'elle n'était pas là seulement pour se souvenir de son fils, mais pour fouiner, prête à se saisir du premier venu pour lui coller sur le dos la mort de son fils, trouver un coupable pour se débarrasser de sa propre culpabilité.

Désemparée, elle avait appelé Saïd qui ne lui avait servi à rien. Gentil mais inutile. Elle se mit à le détester, coupable idéal de sa fragilité soudaine, elle qui s'était appuyée sur lui pendant des mois ne le voyait plus que comme une bonne âme perdue entre ses cours de psychologie et son empathie, incapable de trouver la juste distance pour accompagner sa douleur, pénible à vouloir toujours bien faire, se mettre à sa place, anticiper des désirs qu'elle n'avait pas, aussi insupportable de maladresse qu'impossible à dégager sans être impolie. Elle avait tout essayé, la pitié, la détresse, la tendresse, elle avait même réussi à le toucher, il en avait tellement envie, le pauvre. Rien n'avait marché, il n'avait fait que balbutier des excuses pour justifier son inaction. Quel con. Il lui faudrait se débrouiller seule. Pour commencer, il fallait qu'elle rappelle Francesca avant qu'il ne soit trop tard. Il était déjà 23 heures. Devait-elle l'appeler maintenant ou attendre le lendemain ? Il ne fallait pas tarder, elle le sentait, mais elle n'avait pas le courage. Elle la rappellerait à la première heure.

Toute la nuit, les cauchemars s'étaient succédé, terribles visions qui surgissent dans l'intermédiaire entre le sommeil et la veille, alors que l'esprit ne sait plus distinguer rêve et réalité, et que le corps ne répond plus. Elle cherchait désespérément à se toucher le pied ou à tourner la tête pour sortir de cet état, mais aucun de ses membres ne bougeait, pourtant elle ne dormait pas complètement, elle sentait le poids de son drap, la moiteur de son oreiller, mais son corps était ailleurs, comme son esprit, un ailleurs sombre, où elle ne distinguait que des ombres, elle voulait se retourner, mais elle n'y arrivait pas et, devant elle, tant de noirceur, il fallait qu'elle arrive à en sortir mais il n'y avait aucune autre issue que d'avancer vers ce noir, de s'y plonger, en espérant que derrière, de l'autre côté, il y aurait encore un peu de lumière.

À son réveil, elle eut l'impression de n'avoir pas fermé l'œil de la nuit. Épuisée, terrassée par ces ombres qu'elle avait combattues jusqu'à son dernier souffle, elle n'avait plus aucune force. Mais il fallait qu'elle appelle Francesca, qu'elle trouve une excuse, voix enjouée, désolée, toujours là, elle devait y arriver, elle n'en avait plus la force, mais elle devait y arriver, sinon elle perdrait tout. Et ses jours ressembleraient à nouveau à ses nuits.

Francesca

« Le lendemain matin, j'ai reçu un message d'Adèle qui s'excusait de son silence, elle avait eu un problème de téléphone, on pouvait se voir quand je voulais. Horrible voix, fausseté insupportable depuis que je devinais ce qu'elle recelait de secrets et de mensonges. Évidemment je ne pouvais pas juste aller la voir et lui balancer tous mes doutes, toutes mes questions, la confrontation immédiate, à nu, était impossible, trop dangereuse, elle se fermerait complètement et je risquais de tout perdre. Il faut bien comprendre que nous étions chez elle, sur son terrain de jeu, qu'elle avait adroitement disposé depuis de longs mois, et je ne savais rien de définitif, juste que j'avais eu raison de me méfier, son histoire était trouble comme de l'eau saumâtre, elle avait menti sur suffisamment de points pour que je m'autorise enfin à tout regarder sous un jour nouveau.

Pour la première fois depuis longtemps, j'avais dormi d'un sommeil de plomb, sans adjuvants, endormants, ou autres assommants chimiques. Soulagé provisoirement des angoisses qui le torturaient, débarrassé des fantasmes et conscient que le combat aurait lieu le jour face à un être réel et non la nuit face à des ombres insaisissables, mon corps avait pu s'abandonner au repos.

Il était 11 heures passées quand je me suis réveillée. Toujours à demi assoupie, je me suis remémorée la fin de ma soirée, les échanges avec le patron du bar jusque tard après la fermeture, rideaux baissés, nous deux seuls enfermés dans *Le Cri du peuple*, après avoir attendu les derniers départs, suspendus au désir et à la peur de nous parler, convaincus que notre rencontre n'était pas un hasard, mais qu'il n'en ressortirait rien de bon, que nous parler reviendrait à nous confronter à un mal que nous pressentions l'un et l'autre, sans l'avoir encore nommé, avec toutes les obligations que cela imposerait. Il avait écouté mon histoire en rangeant les verres, passant soigneusement l'éponge sur le bois poli de son comptoir enfin silencieux. Puis, sans me regarder, occupé toujours par des gestes mécaniques, il s'était mis à me parler d'Adèle. »

Jacques

« Comme promis à Francesca, je vais vous dire ce que je sais, mais il faut que je vous prévienne, ce n'est pas grand-chose. Je ne la connais presque pas, Adèle. Elle a travaillé trois mois dans mon bar l'été dernier, il y a tout juste un an, mais je n'en garde qu'un souvenir confus. Je l'avais recrutée parce qu'elle avait l'air sérieuse, taiseuse, secrète mais sérieuse, toujours à l'heure, ne ménageant pas sa peine, presque trop discrète à dire vrai, sa frange lui mangeait les yeux, ses cheveux relâchés sur les épaules masquaient la moitié de son visage, elle portait des grosses lunettes et des vêtements amples, et surtout elle avait ce recroquevillement permanent du corps, épaules en avant, comme s'il elle devait à tout moment pouvoir se mettre en boule.

C'est pour ça que je ne l'ai pas reconnue tout de suite quand je l'ai vue à la télévision, tête de cortège dans les hommages, tête de délégation dans les rencontres publiques, tête d'affiche des associations de victimes. Les images de cette femme droite et fière, cheveux tirés en arrière, voix forte et assurée, regard déterminé, ne me disaient vraiment rien. Ce n'est que quand je l'ai revue sur papier imprimé, dans un journal qui traînait sur mon comptoir depuis le matin, qui ne cessait de m'attirer sans que je sache pourquoi, jusqu'au moment où je l'avais examiné de près, vers 16 heures, entre la course du déjeuner et les premiers apéros, café vide propice à une brève rêverie, que j'ai compris que je l'avais déjà vue. Cette serveuse que j'avais dû virer parce qu'elle volait dans les sacs des clients. Pour le reste je ne peux rien assurer, cela fait plusieurs mois déjà, mais il me semble que c'est dans le sac de Matteo ou de ses amis – c'était tous des habitués –, que je l'ai vue plonger la main avant de lui dire de partir, sans scandale. En tout cas, je me souviens très bien de Matteo, il venait presque tous les soirs, et je peux vous assurer que je ne l'ai jamais vu échanger avec Adèle. Bien sûr, c'est juste un témoignage, je n'ai pas pu tout voir, et peut-être qu'ils se voyaient en cachette, mais franchement je n'y crois pas.

Pourquoi je n'en ai parlé à personne à ce moment-là ? Ben d'abord je n'étais pas fier de cette histoire de vol, mais surtout il faut bien voir qu'Adèle était devenue intouchable et je ne savais pas à quoi ça aurait servi d'étaler mes soupçons. Avant de ternir son image, il fallait faire attention, je ne voulais pas risquer d'éclabousser les autres, victimes dont il faut respecter la douleur et le deuil. Être celui qui insinue le doute, l'oiseau de malheur, très peu pour moi. Enfin cette histoire ça me hante quand même. Déjà que les attentats dans tous ces bars qui auraient pu être le mien, si proches et si semblables, ça m'a mis un sacré choc. Je n'ai pas perdu d'amis, mais des connaissances quelques-unes. C'est comme si j'étais en semi-deuil depuis des mois, tout seul dans mon coin, sans pouvoir en parler à personne, ça m'aurait semblé déplacé, il ne m'est rien arrivé à moi, mais bon, ce truc étrange autour d'Adèle, ça a ouvert les vannes et maintenant que j'ai commencé à parler j'irai au bout, je vous dirai tout, et je le répéterai à qui vous voulez si ça peut être utile. »

XIV

À peine le jour levé, Adèle a essayé d'appeler Francesca plusieurs fois, aucune sonnerie, répondeur directement, encore et encore. Elle a attendu avant de se résoudre à lui laisser un message. Puis, comme Francesca ne la rappelait pas, elle est partie à l'association, retrouver les autres victimes, qui l'avaient accueillie comme une des leurs. Le problème qui les occupait le plus c'était les indemnisations, remplir les documents, essayer de comprendre qui aurait droit à quoi. Elle aidait, mais chaque fois qu'on lui demandait pourquoi elle n'avait toujours pas rempli ses papiers, elle éludait. Son nom était bien sur la liste unique des victimes, mais elle ne voyait pas à quel titre elle pourrait être indemnisée, et surtout elle se doutait que, dès qu'on touchait à l'argent, tout se compliquait. Déjà qu'elle avait eu droit à des billets d'avion et toutes sortes d'aides, notamment pour les obsèques, elle préférait se tenir éloignée, en espérant qu'on ne lui demanderait rien. L'administration n'allait pas verser de l'argent comme ça, sur un simple témoignage, sans être sûre. Il pourrait y avoir des enquêtes, des papiers à remplir, qui deviendraient autant de faux si un jour quelqu'un se mettait à considérer que son histoire pourrait ne pas être vraie, dans leur sens à eux.

Fuir, se cacher, éluder, elle savait faire. C'était l'histoire de sa vie, le mouvement permanent, les nouvelles villes, les nouvelles écoles, à suivre son père qui ne tenait pas en place, jamais plus de deux ans au même endroit, et le départ qui n'était jamais anticipé, qui arrivait comme un orage dans le ciel, à peine quelques signes annonciateurs, une soudaine noirceur des nuages, les chiens qui aboient, l'électricité dans l'air, le vent, puis le bruit de la foudre. Son père était pareil, sombre et électrique avant de se transformer en tornade, affaires jetées dans les valises, les valises jetées dans la voiture, puis elle, petite fille à l'arrière dans son siège auto et, quand elle fut plus grande, à l'avant à côté de son père, mais aucune explication, dans ces moments-là il ne parlait pas, mutisme absolu avant de redevenir grand conteur, recréant chaque fois en quelques semaines un monde joyeux dans lequel elle était posée comme un objet.

Toute son enfance, il y avait eu deux sujets tabous : qui était sa mère et que faisait son père. Cela lui avait d'abord posé des problèmes à l'école, quand il fallait remplir des fiches de renseignements. Mais elle avait assez vite appris à en jouer, s'inventant dans chaque nouvelle école, au gré de ses humeurs, fille de chanteur, de marchand de glaces, d'inspecteur des impôts, de policier, de chercheur d'or... Pour sa mère en revanche, elle n'avait jamais varié, une croix quand elle était petite, néant quand elle sut écrire. Personne n'avait osé lui poser de question. Personne ne lui posait beaucoup de questions en général d'ailleurs. C'était une petite fille sage, obéissante, discrète, rien ne dépassait, tellement normale que cela aurait peut-être dû alerter, inquiéter, surtout qu'elle était toujours seule et qu'elle disparaissait régulièrement de l'école du jour au lendemain, mais comme elle souriait et ne disait rien, et comme il y a tant d'autres soucis plus bruyants et visibles, personne ne s'était jamais inquiété pour elle. Pendant ce temps-là, elle inventait des histoires dans sa tête, elle regardait les gens, les autres enfants, leurs parents, les dames de l'école, et elle imaginait leur vie chez eux, à quoi ressemblait leur maison, ce qu'ils faisaient le soir et pendant les vacances. Elle collectionnait ces histoires. Parfois juste des pastilles courtes sur tel ou telle aperçu rapidement par la fenêtre de sa classe ou de la voiture. Parfois presque des romans quand elle passait du temps aux côtés de ses personnages. Le mieux c'est quand elle a commencé à revenir seule de l'école car elle pouvait les suivre discrètement, invisible toujours, et attendre la nuit pour regarder par les fenêtres, affiner sa connaissance de ce monde inventé. C'était parfois décevant, pas du tout ce qu'elle avait imaginé, mais elle s'adaptait rapidement, réorientait l'histoire qui prenait une profondeur nouvelle. Jamais elle n'avait franchi le rebord de la fenêtre pour entrer dans son histoire. Jusqu'à ce soir de novembre.

Francesca

« Je n'arrivais pas à rappeler Adèle, c'était au-dessus de mes forces. Même après une nuit de repos. Je pensais à Matteo tout le temps, éveillée ou somnolente, je pensais à lui chaque minute. On me disait qu'avec le temps tout s'en va, mais je n'oubliais ni son visage, ni sa voix, je le cherchais sous la pluie, au détour de chaque rue, je croyais l'apercevoir dans chaque silhouette, et mon cœur brisé ne me laissait pas un instant de répit. Je n'arrivais plus à parler à mon mari qui continuait à s'enfoncer dans le mutisme et son travail. Chacun tient comme il peut, je ne lui en voulais pas, on se retrouverait, mais là j'étais plus seule que jamais, avec en tête cette idée que d'une manière ou d'une autre cette fille me volait une seconde fois mon fils. Cette idée qui n'était plus juste une intuition accrochée à quelques phrases et une image de valise, cette idée que je n'étais plus seule à avoir, mais qui n'était pas encore une certitude, sans autre preuve que des soupçons qui seraient sans doute faciles à balayer. Après l'optimisme que j'avais ressenti en m'endormant la veille, l'épuisement revenait, et je ne savais plus s'il fallait attacher de l'importance à tout cela qui ne me rendrait jamais mon fils.

J'étais venue à Paris pour sentir ses dernières respirations à travers le pouls de la ville blessée par les armes qui l'avaient emporté. Pour être avec lui en déambulant dans les rues qui avaient connu ses pas, pour rencontrer ses amis, entendre parler de lui, le retrouver par tous les moyens possibles. Toucher les pierres qu'il avait touchées, mettre mes pas dans les siens, voir les perspectives qui avaient dû l'émouvoir, les coins de rue qui soudain révèlent une beauté cachée.

Il me fallait commencer quelque part. Je suis allée à son école où une jeune femme très gentille m'a dit qu'elle était heureuse de me rencontrer, qu'ils avaient été surpris que la famille ne vienne pas pour l'inauguration d'une salle à son nom en décembre dernier, qu'elle allait me la montrer, qu'ils essayaient d'avancer sur ce projet de musée même si c'était de plus en plus difficile, ils s'étaient donné comme objectif novembre prochain, Matteo avait beaucoup de talent, et Adèle ne lâchait rien malgré les obstacles, allant voir tout le monde, les politiques, les médias, les mécènes. Je l'ai écoutée longtemps, elle n'arrêtait pas de parler, comme si elle avait peur du silence qui nous replongerait dans la seule chose vraiment réelle, l'absence au monde de Matteo, ou peur du son de ma voix, cassée et chancelante, voix nouvelle à laquelle il faudrait bien que je m'habitue. À la fin de son récit, je ne pouvais plus rien dire, je l'ai suivie, j'ai vu la salle, et là, posé sur une petite table, un grand cahier avec des croquis pour le projet de musée, avec ce nom horrible *Musée de la nature morte*. Elle m'a demandé si je voulais voir les amis de Matteo quand ils sortiraient de leur cours. J'ai dit que je reviendrais, que j'avais besoin de marcher, prendre l'air d'abord, mais je reviendrais. Tout cela était insupportable, je n'avais aucune envie de m'effondrer devant cette fille, mais chaque mot qu'elle prononçait avec une maladresse infinie me blessait avec une adresse inconsciente.

J'étais venue à Paris chercher une forme d'apaisement et j'étais plus perdue que jamais. Je découvrais peu à peu que j'avais été éjectée de la mort et de la mémoire de mon fils, mon enfant, et je n'avais personne à qui parler.

J'ai continué à marcher, déambulant sans but, guidée par mon instinct, ou mes souvenirs de ces rues que j'avais tant sillonnées plus jeune. Lancée comme une pierre roulante dans la rue en pente qui se jetait sur les quais, avant de traverser la Seine grise, apprivoisée de pierres, de ponts, de contours où les passants déambulaient par tout temps, surplombée de voitures klaxonnantes et d'arbres immenses qui protégeaient les petites cahutes des bouquinistes, branches recouvrant les livres auxquels ils avaient – eux ou leurs cousins – offert ces pages qui les composaient, puis le Louvre majestueux, les allées tristes et régulières des Tuileries, débouchant sur cette horrible grande roue, verrue écrasant de ses lumières clignotantes la beauté parfaite de la place de la Concorde, puis les arcades de la rue de Rivoli qui me rappelaient l'Italie, que j'avais remontée en sens inverse pour retourner dans le Marais, me perdre dans ces petites rues qui avaient échappé à la folie de la symétrie, m'asseoir sur un banc devant le Cirque d'Hiver, imbibée de cette ville qui ne cessait de changer de forme et de visage, belle et douloureuse, que j'aimais et que je détestais.

Sans m'en apercevoir, j'ai fini par arriver en bas de l'immeuble où avait habité Matteo. Je n'avais pas la force de sonner, voir ce que c'était devenu. Pas non plus celle de m'éloigner. Fatiguée, je me suis assise dans le café en face, je n'arrivais à rien d'autre que regarder par la fenêtre, les va-et-vient des gens qui flânent, courent, travaillent, parlant fort dans leur téléphone portable, ou marchant à l'aveuglette, le regard penché sur leurs écrans qui, par réverbération, leur donnent une mine affreuse. Puis ce fut l'heure des sorties d'école, sonneries mécaniques qui imitent le bruit des cloches d'antan, cris joyeux, bousculades, embouteillages de poussettes sur les trottoirs étroits, enfants croquant avec bonheur dans leurs pains au chocolat. Bientôt la nuit allait tomber doucement, il fallait que je me lève, j'ai plongé les mains dans mes poches pour payer, baissant la tête quelques secondes pour lire l'addition et faire le compte, c'est en relevant la tête que je l'ai vue, s'engouffrant dans la porte de l'immeuble de Matteo, elle était de dos, mais j'en étais certaine, à deux secondes près je n'aurais rien vu, mais là j'en étais certaine, c'était elle, et elle entrait, discrète mais assurée, dans l'immeuble où avait vécu mon fils. »

Saïd

« Adèle ne m'a plus jamais rappelé. Je lui ai laissé de nombreux messages, détachés d'abord, puis suppliant qu'elle me dise juste qu'elle allait bien. Je suis allé en bas de son immeuble, j'y ai passé des heures mais je ne l'ai jamais croisée. Je suis allé à l'association, mais elle a fait dire qu'elle était trop occupée pour me voir. J'étais inquiet. Depuis le début, j'avais trouvé sa transformation vraiment étrange, son assurance aussi fascinante que dérangeante. Elle m'attirait, impossible de le nier. Déjà, enroulée sur elle-même, fermée au monde, elle m'avait comme aimanté. Au départ, parce qu'elle me donnait envie de l'aider. Ensuite, parce que j'avais l'impression qu'elle pourrait m'aider. Plus elle dégageait de force pour "porter la cause des victimes" comme elle disait, plus je me sentais faible, victime moi-même sans avoir le droit de le dire, ni de le penser. Je tournais en rond. Elle avait fermé toutes les portes. Il fallait que je trouve un autre chemin. C'est à ce moment-là que j'ai repensé à notre dernière conversation. Il ne m'a pas fallu longtemps pour trouver le numéro de téléphone de la mère de Matteo, soigneusement conservé par la cellule d'aide aux victimes pour transmission à ceux qui s'occuperaient ensuite d'indemnisation.

Je lui ai laissé un message et elle m'a rappelé juste après, elle m'a dit que mon coup de fil était un miracle, qu'il fallait qu'on se voie tout de suite, qu'elle avait beaucoup de choses à me dire et autant à me demander. Avec son accent et la distance du téléphone qui empêche de lire sur les lèvres pour compenser ce que les oreilles ne déchiffrent pas, je ne comprenais pas tout. Nous nous sommes fixé rendez-vous pour le soir même, à côté de son hôtel.

Avant que j'aie pu dire un mot, me présenter, lui rappeler que nous nous étions vus à l'École militaire – elle donnait l'impression de me voir pour la première fois alors que je me souvenais si bien de son visage –, elle s'est lancée dans un long monologue dont le message unique se déclinait à l'infini : Adèle n'était pas qui elle disait être, c'était une usurpatrice, une voleuse et une menteuse, elle ne savait pas ce qu'avait été sa relation avec son fils, mais tout ça ne tenait pas, il fallait que je l'aide à le prouver. Quand j'ai pu dire un mot, que je ne voyais pas d'où lui venait cette inquiétude, elle m'a expliqué qu'Adèle aurait pris quelque chose dans le sac de Matteo dans le bar où elle travaillait à l'époque, qu'elle avait déménagé sans prévenir personne, et qu'elle l'avait vue ce matin en bas de son immeuble à lui, alors qu'il était mort, mort, est-ce que je comprenais ?

Au bout de deux heures, j'ai réussi à la calmer un peu. J'ai promis de l'aider pour qu'elle puisse rentrer se coucher. Je voulais joindre Adèle, mettre un terme à ces malentendus, m'interposer le temps que Francesca reprenne son avion pour l'Italie, que chacune se reconstruise chez soi, éviter que les douleurs ne se percutent, et ne se démultiplient dans le choc. »

XV

Le jour, l'activité lui permettait encore de tenir debout, mais les nuits étaient de pire en pire, les cauchemars la poursuivaient, Adèle ne voulait plus fermer l'œil, et quand elle finissait par s'effondrer, épuisée, elle se réveillait quelques minutes plus tard, en nage et en larmes. Les fantômes de son passé revenaient la narguer, apparitions fugitives, repartant aussi vite, sans se retourner, alors qu'elle agitait désespérément la main pour qu'au moins ils lui disent au revoir. Elle faisait de tels efforts pour la lever dans son sommeil cette main, devenue poids lourd, cerveau coupé d'un corps qui ne lui répondait pas. Elle voyait sa grand-mère, morte alors qu'elle venait de fêter ses 10 ans, sa grand-mère qui lui avait promis qu'elle vivrait plus de cent ans, *promis juré ma chérie, je suis de ce bois-là, plus de cent ans c'est écrit, je le jure sur ma vie.* Elle l'avait crue. Première trahison. Et elle n'avait même pas eu le droit d'aller à l'enterrement, pas la place d'un enfant, avait dit son père. Elle voyait sa mère dont elle n'avait connu que le profil sur une photo en noir et blanc, découverte tardivement dans un vieux cahier de son père. Sa mère dont on ne lui avait jamais dit si elle était morte ou juste partie sans rien dire. Elle voyait son père écroulé sur le sol de la salle de bains, après ce grand bruit sourd et de verre brisé qui l'avait réveillée, son père dans l'ambulance qui hurlait dans la nuit, son père allongé à l'hôpital, entuyauté de partout, vie si faible dans un monde de machines, son père avec qui elle ne pouvait plus communiquer que par pression des mains, une pression pour oui, deux pour non, son père qui avait attendu pour mourir qu'elle parte de la chambre une toute petite heure pour aller s'acheter à manger, qui lui avait refusé son dernier soupir, parti lui aussi sans dire au revoir.

Saïd, à qui elle avait failli faire confiance, ne cessait de l'appeler, de lui laisser des messages qu'elle effaçait sans les lire, il la poursuivait partout où elle allait. Elle finit par écouter un message, elle ne savait pas bien pourquoi c'est ce message là qu'elle avait écouté, l'heure tardive sans doute, étrange même pour lui, il ne l'avait jamais appelée la nuit. Il lui disait avoir vu Francesca, qu'elle était très agitée, pleine de doute après avoir parlé au patron d'un petit bar où elle aurait travaillé, et qu'elle l'aurait vue dans l'immeuble de son fils. Adèle n'avait pas le courage de le rappeler mais elle lui a envoyé un sms pour le remercier, lui donner des explications très rationnelles et lui dire qu'elle avait besoin d'être seule quelque temps, loin de cette agitation dans laquelle elle s'était perdue, qu'elle le rappellerait, mais plus tard.

Impossible de retrouver l'énergie qui l'avait portée pendant des mois. Chaque jour qui passait lui semblait plus difficile, faire semblant, tenir, alors que l'épuisement l'envahissait progressivement comme une voile de plomb, si lourde à porter. Sa fragilité qui apparaissait par intermittence, sa tension qui lui faisait soudain lever la voix, tout le monde la comprenait. « Décompression post-traumatique », disaient-ils à voix basse. Il fallait du temps parfois pour s'effondrer. Une forme de solidarité nouvelle se forma autour d'elle, c'était son tour d'être soutenue, après tout ce qu'elle avait fait pour les autres. Mais, au bout de quelques jours, elle n'eut plus la force. Elle voulait rentrer dormir, rejoindre ses mondes imaginaires dont elle contrôlait tous les personnages. Les mêler au réel, cela n'avait peut-être pas été une si bonne idée même si elle était enfin devenue quelqu'un. Elle s'était vue exister dans le regard des autres, exister à la télévision, exister à la radio, exister dans les journaux. Elle était une victime, et reconnue comme telle. Elle n'était plus seule pour pleurer ses morts. Mais, peu à peu, elle oubliait Matteo, comme tous ces êtres qui étaient venus peupler ses rêves avant de s'effacer, personnages qui avaient la consistance d'un souffle de l'esprit, dissipés par un coup de vent, congédiés aussi simplement qu'ils avaient été convoqués, il fallait du renouvellement toujours, comme avec son père, souvent changer de lieu, de vie, de compagnie. Déjà Matteo ne l'intéressait plus. Leur histoire avait été belle, mais elle était terminée.

Francesca

« Quand j'ai rencontré Saïd, il m'a proposé de tout prendre en main, il m'a écoutée attentivement, il a posé quelques questions et m'a dit : "Allez dormir, je m'occupe de vérifier vos soupçons, je reviendrai vous chercher à votre hôtel demain matin."

Il est revenu me voir le lendemain vers 10 heures, sourire et croissants, soulagé de m'annoncer qu'il avait des explications très simples à toutes mes interrogations. Il m'a dit qu'Adèle avait bien pris quelque chose dans le sac de Matteo au café à l'époque, mais que c'était ses clés, parce qu'elle devait le rejoindre en cachette. Qu'elle était bien allée dans son immeuble hier, mais que c'était pour rendre au propriétaire le bip qu'elle avait gardé par erreur. Qu'elle était bouleversée par ces doutes, surtout venant de moi, avec qui elle pensait avoir noué des liens, après nos journées de deuil partagé l'hiver dernier. Qu'il fallait que je lui fasse confiance. Que j'entende sa douleur même si elle n'avait rien à voir avec la mienne, et qu'elle s'exprimait autrement, car chacun faisait comme il pouvait avec cette part en moins au milieu de soi, ce trou avec lequel il fallait composer pour continuer à vivre.

La voix de Saïd m'a d'abord bercée, presque endormie, hypnose entêtante d'une psychologie facile du deuil, elle mettait tout à sa place et donnait un calendrier à l'issue duquel la souffrance aurait presque disparu, place laissée à un picotement permanent dans le ventre et à la mémoire maîtrisée, avec des rituels et des dates anniversaires. Il disait tout cela comme on récite un cours, il ne comprenait pas ce que c'était d'être mère, d'avoir porté un enfant, de l'avoir aimé comme on pensait ne jamais s'aimer soi-même, d'avoir eu peur à chaque étape, respiration fragile des premiers mois, équilibre précaire des premiers pas, inconscience des premiers dangers, premières sorties, premières nuits dehors sans prévenir, d'avoir eu peur mais d'avoir laissé faire parce qu'on ne donne pas la vie pour la contraindre, l'enfermer, l'empêcher. Il ne cherchait même pas à deviner, il voulait tout remettre dans des cadres, parce que c'est rassurant les cadres, ça ne déborde pas. À un moment je m'étais même dit qu'il avait peut-être raison, il devait y avoir des explications à toutes ces étrangetés. Restait l'intuition, ce sentiment qui ne m'avait jamais quittée, et que je ne pouvais plus continuer à mettre de côté. Je n'aurais pas pu repartir de Paris sans en avoir le cœur net.

Rappeler Adèle. Il avait fallu rappeler Adèle. Seul le face-à-face me permettrait de savoir, les yeux dans les yeux, douleur contre douleur, observer le mouvement de ses mains quand elle me répondrait, l'esquive du regard, l'hésitation dans la voix, ce que le visage trahit quand les émotions authentiques remontent soudainement à la surface, échappant à tout effort pour les dissimuler sous les émotions fausses qu'elle nous imposait depuis des semaines, masque si bien composé, mais qui ne pourrait jamais tout cacher si on regardait au bon endroit, à la commissure des lèvres, au mouvement d'un bras, tout regarder, la fugacité d'une expression, une agitation passagère, un lapsus. Je saurais voir et comprendre. On peut toujours réinventer le passé, surtout quand il n'y a pas de témoins. Mais empêcher la fausseté de surgir sous le regard attentif d'une mère, c'était impossible.

Plus de trois jours ont passé avant que je trouve la force de cette confrontation. Je ressassais les questions à poser, les invraisemblances à pointer, les pièges à lui tendre pour qu'elle se dévoile. Plusieurs fois, le téléphone à la main, j'ai renoncé, préférant une ultime balade, où je me mettais à repasser mécaniquement tous les numéros de mon téléphone, pour trouver une personne à qui j'aurais aimé parler avant cela, avant elle, je m'arrêtais toujours à la lettre M, pour voir s'afficher celui de Matteo, impossible de l'effacer, le voir ranimait l'espoir qu'il existait encore une ligne pour lui parler, quelques jours après sa mort j'avais même essayé de l'appeler, je voulais lui parler de son père qui allait si mal, j'avais raccroché juste à temps, avant qu'on me dise que ce numéro n'existait plus, aujourd'hui cela ne m'arrive plus mais faire le geste de supprimer, avec le doigt glissé de droite à gauche, puis le bandeau rouge, supprimer, êtes-vous certaine ?, cela était impossible.

J'ai finalement décidé de rentrer en Italie dès que je l'aurais vue. Mon billet d'avion pris, je l'ai appelée, j'avais réfléchi aux premiers mots si elle décrochait, au message à laisser si je tombais sur le répondeur, mais je n'avais pas imaginé que j'entendrais justement cette phrase que j'avais tant redoutée : "Ce numéro n'est plus attribué, merci de raccrocher." J'ai cru m'être trompée, j'ai refait le numéro, deux fois, trois fois, dix fois, j'ai demandé à Saïd quel numéro il avait pour Adèle, j'ai recommencé encore. Toujours le même message. "Ce numéro n'est plus attribué." Elle avait disparu. Changé d'adresse. Changé de numéro de téléphone. Partie. Avec les affaires de Matteo. Ses tableaux. Ses croquis. Ses livres. Ses habits. Sa valise. J'ai appelé à l'association de victimes, j'ai appelé aux Beaux-Arts, mais je savais déjà ce qu'on me dirait. On ne l'avait pas vue depuis plusieurs jours, oui c'était inhabituel, mais cela arrivait, une forme de décompensation, il ne fallait pas que je m'inquiète, elle reviendrait. Mais ce n'était pas pour elle que je m'inquiétais. Donc je ne suis pas partie, et me voilà devant vous, à essayer de vous raconter tout cela, je ne suis sans doute pas claire, je suis désolée, j'essaie de l'être, mais c'est encore si confus dans mon esprit. »

Sylvie

« Francesca L. était assise sur une petite chaise à l'entrée du commissariat depuis au moins une heure. Elle avait raconté son histoire à l'agent présent à l'accueil qui avait été bien embêté. La mère d'une victime du Bataclan, c'était sérieux, il fallait l'écouter, mais il ne comprenait rien à son histoire de femme qui avait disparu en volant la mémoire de son fils décédé. C'est pour cela qu'ils m'avaient attendue.

Avant de la recevoir, j'ai appelé le service en charge des victimes au ministère de la Justice, pour en savoir plus. Avec son nom, ils m'ont déroulé tout ce qu'ils avaient comme informations : Francesca L. était la mère de Matteo, 22 ans, de nationalité italienne, étudiant aux Beaux-Arts de Paris, mort assassiné par les terroristes dans la fosse du Bataclan. Les obsèques avaient eu lieu en Italie le 22 novembre et les parents n'étaient jamais revenus en France pour les rencontres officielles et les hommages auxquels ils avaient été conviés. Ils avaient toujours été représentés par une jeune femme de 23 ans, Marianne Adèle V., compagne du défunt, très engagée dans les associations de victimes.

Je suis allée la chercher dans ce long couloir sans fenêtre, enfoncé dans les sous-sols du Grand Palais, qu'il fallait traverser entièrement pour arriver jusqu'à mon bureau.

Quand on m'avait dit que je serais mutée à Paris, dans le 8e arrondissement, à mi-chemin de l'Élysée et des Invalides, j'avais imaginé autre chose que ce commissariat tout en longueur et en profondeur, peinture jaune écaillée, aucune intimité, cantine posée là au milieu, avec les odeurs de nourriture qui commencent à 11 heures du matin puis continuent à flotter encore après 16 heures. En sortant, on émergeait au milieu des touristes et des amateurs d'art qui faisaient la queue pour aller voir une exposition, on avait vraiment l'impression de sortir d'un trou, ça les surprenait parfois, je me disais qu'un jour on nous confondrait avec une performance. J'étais même étonnée que des gens puissent trouver l'entrée, c'était si absurde un commissariat là, au milieu d'un musée. Il y avait bien les dizaines de voitures de police comme indice, mais de nos jours ça ne voulait plus rien dire, il en stationnait partout, alors au pied des Champs-Élysées, pourquoi pas ?

J'ai d'abord observé Francesca de loin. Elle n'avait pas du tout l'air folle ou agitée. Elle était plutôt assez impressionnante, altière, regard perdu au milieu d'un visage ample, longs cheveux noirs redressés en chignon, vêtements coûteux à en juger par leur coupe et leur matière, voix assortie quand elle me dit bonjour, grave, accent italien assez marqué, assurance ancienne teintée d'une légère érosion – plus récente sans doute.

Pour comprendre son histoire il me fallait du temps, beaucoup de temps, et du calme. J'ai demandé à ce qu'on ne me dérange pas, j'ai fermé la porte, et je lui ai dit de tout me raconter, en commençant par sa première rencontre avec Adèle. »

Saïd

– Je suis un peu surpris que vous me convoquiez, madame la commissaire, pour me poser des questions sur Adèle. Est-ce qu'il lui est arrivé quelque chose de grave ? L'agent qui m'a contacté n'a rien voulu me dire tant que je ne venais pas au commissariat. Et il est drôlement tard, je ne sais même pas quelle heure il est exactement depuis le temps que j'attends, et comme on est sous terre, je ne sais plus si on est encore le jour ou déjà la nuit.

– *Pouvez-vous me dire « en détail » tout ce que vous connaissez d'Adèle, comment vous l'avez rencontrée, ce qu'elle vous a dit, à qui vous l'avez présentée, si des éléments vous ont surpris, et quand vous avez eu des nouvelles pour la dernière fois ?*

– Je vais essayer de vous répondre le plus précisément possible. Pour commencer par le premier jour, à l'École militaire, je suis allé la présenter aux parents d'une des victimes après avoir échangé avec elle à plusieurs reprises. Cela me semblait naturel de réunir les proches dans un moment pareil. Sur ce que m'a dit Adèle en arrivant, je serais incapable de retrouver ses mots exacts. Je ne me souviens que d'une chose, c'est qu'à part me poser des questions, la seule information qu'elle m'a donnée c'est qu'elle aurait dû être avec lui ce soir-là au Bataclan mais qu'elle avait finalement renoncé parce que leur amour était encore secret, et que par conséquent elle ne connaissait aucun ami de Matteo. Et, non, cela ne m'avait pas paru si singulier, les amours secrets c'est quand même assez fréquent, elle était bouleversée, elle le cherchait, qui aurais-je été pour douter ? S'agissant des soupçons de la mère de Matteo, puisque j'imagine que c'est la vraie raison de ma présence ici, je peux vous répondre aisément, Adèle m'a donné des explications, j'ai gardé le message, je peux vous le montrer. Je ne comprends vraiment pas ce que peuvent signifier les implications de tous ces doutes, ni où ils nous mènent.

– *Avez-vous eu à certains moments le sentiment ou pouvez-vous aujourd'hui imaginer qu'en réalité Adèle ne connaissait pas Matteo et n'avait jamais eu aucun lien avec lui ?*

– La réponse est non, bien sûr que non.

– *Pouvez-vous, pour les besoins de l'enquête, repasser tous les moments où vous avez échangé avec elle en les regardant sous cet angle, juste par hypothèse, pour savoir si, avec cet éclairage de côté, des choses vous apparaissent ?*

– Je ne me sens pas bien. Il faut que je sorte un peu, trouver de l'air, cet éclairage de travers que vous m'imposez, comme des phares en plein visage qui vous aveuglent, ça me donne la nausée. Laissez-moi un peu de temps, je vais vous répondre.

*

J'ai longuement fermé les yeux, j'ai tout repassé, ressassé. Dans l'histoire elle-même je ne voyais rien de particulier, je n'avais pas creusé d'ailleurs, je prenais tout pour argent comptant, qu'auriez-vous fait à ma place ? On ne va pas se mettre à passer des victimes au détecteur de mensonge. Pour le reste, oui, il y avait des choses que je trouvais étranges, toutes les questions qu'Adèle posait sur les autres victimes d'abord, dès les premiers jours, avec une insistance sur les syndromes et manifestations du stress post-traumatique. Et sa transformation au fil des semaines, comme un papillon sortant de sa chrysalide, le mouvement inverse de son corps par rapport à ceux des autres, elle s'ouvrait et s'apaisait quand les autres se repliaient. J'avais mis ça sur le compte de la mission qu'elle s'était donnée, mais cela m'avait mis mal à l'aise à quelques reprises.

La commissaire m'a laissé sortir prendre l'air quelques instants, j'ai vomi abondamment sur le trottoir, au milieu des voitures de police, au pied de la statue du général de Gaulle, je me suis excusé auprès de lui, j'y suis retourné et je me suis mis à raconter, en commençant par le début, ma rencontre avec Adèle.

XVI

Cela faisait environ dix jours qu'elle s'était réinstallée sur le rebord de la fenêtre de Matteo. Elle l'avait aménagé tant bien que mal, coussins, couverture, petite table pour poser des verres et un peu à manger. Dix jours qu'elle reprenait ses mille vies, fenêtre éteinte, dormant le jour et vivant la nuit. Vue sur la rue, immeubles lointains, rien à voir avec une fenêtre sur cour, mais elle s'y faisait.

Ce soir-là, elle repensait au poème de Baudelaire que son père lui lisait souvent le soir pour l'endormir en lieu et place de comptines qu'il n'avait jamais cherché à apprendre. Elle en connaissait chaque mot. Chaque ponctuation. Chaque respiration. Ce poème qui parlait d'elle. Ou qui l'avait faite elle.

Celui qui regarde du dehors à travers une fenêtre ouverte, ne voit jamais autant de choses que celui qui regarde une fenêtre fermée. Il n'est pas d'objet plus profond, plus mystérieux, plus fécond, plus ténébreux, plus éblouissant qu'une fenêtre éclairée d'une chandelle. Ce qu'on peut voir au soleil est toujours moins intéressant que ce qui se passe derrière une vitre. Dans ce trou noir ou lumineux vit la vie, rêve la vie, souffre la vie.

C'est de cette fenêtre au petit matin, nouvelle aube qui se lève, rose dans un ciel clair de juillet, qu'elle fut réveillée par des crissements de pneus inhabituels à cette heure. C'est de cette fenêtre haut perchée, le corps à peine penché dehors, qu'elle les a vus juste en bas de chez elle. Elle les attendait. Trois policiers en uniforme qui sont entrés dans l'immeuble, pas besoin de sonner à l'interphone, six étages et ils seraient là. Elle n'avait pas le temps de s'habiller. Elle s'est levée machinale, redevenue automate, et elle a ouvert la porte pour aller à leur rencontre, leur signifier par sa présence qu'elle était prête à répondre à toutes leurs questions. Elle avait eu le temps de s'y préparer pendant ces longues journées où les autres, dehors, avaient tenté d'y comprendre quelque chose, de deviner qui elle était, s'accrochant au fil ténu de l'intuition d'une mère.

La suite, elle la pressentait. À nouveau des caméras braquées sur elle, mais elles auraient changé de regard, noir cette fois-ci pour marquer leur solidarité avec les vraies victimes, les policiers qui la pousseraient dans la voiture, forçant son corps à retrouver son tassement habituel, le procès où il lui faudrait clamer la repentance à défaut de pouvoir expliquer, elle pleurerait s'il le fallait, elle ferait ce qu'on attendait d'elle, comme elle avait toujours essayé de le faire, forçant son visage à n'être que le reflet du désir des autres. La société avait eu besoin de choyer ses victimes. Elle avait maintenant besoin de désigner des coupables. Elle ne s'y déroberait pas, elle était là, enfin elle-même et déjà une autre, Marianne Adèle V., elle les attendait, droite encore en haut des marches, pendant que dans sa tête elle finissait de se réciter son poème.

Et je me couche, fier d'avoir vécu et souffert dans d'autres que moi-même. Peut-être me direz-vous : « Es-tu sûr que cette légende soit la vraie ? » Qu'importe ce que peut être la réalité placée hors de moi, si elle m'a aidé à vivre, à sentir que je suis et ce que je suis ?

Merci à Alice, Laure et Manuel qui ont accompagné avec attention et délicatesse l'édition de ce roman.

Merci aux amis chers dont les lectures bienveillantes m'ont permis de trouver le chemin de mes mots quand il était difficile.

Merci à ma mère dont la confiance m'a toujours portée, souvent sans même que je m'en aperçoive.

Merci à Mathieu qui rend tout possible, chaque jour.

Cet ouvrage a été composé
par Nord Compo à Villeneuve-d'Ascq (Nord)
et achevé d'imprimer sur Roto-Page
en mai 2019
par l'Imprimerie Floch à Mayenne
pour le compte des Éditions Stock
21, rue du Montparnasse, 75006 Paris

PAPIER À BASE DE FIBRES CERTIFIÉES

Stock s'engage pour l'environnement en réduisant l'empreinte carbone de ses livres. Celle de cet exemplaire est de : 750 g éq. CO_2 Rendez-vous sur www.editions-stock-durable.fr

Imprimé en France

Dépôt légal : août 2019
N° d'édition : 01 – N° d'impression : 94381
63-51-5693/7